小說歷史⑩⓪

宮本武藏——劍與禪 (一)地之卷 （全七冊）

作　　者／吉川英治
譯　　者／劉　敏
主　　編／楊豫馨
特約編輯／孫智齡

發 行 人／王榮文
出版・發行／遠流出版事業股份有限公司
臺北市汀州路三段 184 號七樓之 5
郵撥／0189456-1　電話／2365-1212
傳眞／2365-7979・2365-8989
著作權顧問／蕭雄淋律師
法律顧問／王秀哲律師　董安丹律師

排　　版／正豐電腦排版有限公司
1998 年 2 月16日　初版一刷
1998 年 5 月 30 日　初版四刷

行政院新聞局局版臺業字第 1295 號
售價：新台幣 250 元　特價 99 元(若有缺頁或破損，請寄回更換)

ISBN　957-32-3437-8（一套・平裝）
ISBN　957-32-3438-6（第一卷・平裝）

YLib 遠流博識網
http://www.ylib.com.tw　E-mail:ylib@yuanliou.ylib.com.tw

出版緣起

王榮文

歷史小說是以歷史事件和人物爲素材，尋求它的史實，捕足它的空隙，編織而成的小說。透過具有歷史識見和文學技巧的歷史小說家，枯燥的史料被描摹成了動人的筆墨。我們看到人物在歷史的舞臺上鮮活過來；栩栩如生；我們也看到事件在歷史的銀幕上鉅細靡遺，歷歷如繪。讀者所期盼的歷史知識和小說趣味都因此而達成了。

歷史小說的寫法彈性甚大。從服膺歷史的眞實、反對杜撰、史料的選擇和運用一再審愼考慮而趨近史家考證的一派，到僅僅披上歷史的外衣，而以主題濃厚、節奏明快見長的這一派，歷史小說的範圍可以說十分遼闊。但大體上，它包含了歷史的眞實和文學的眞實，而以小說的形式呈獻在讀者的面前，構成既在歷史之中，又在歷史之外的微妙境界。

我國的歷史小說，是有長遠傳統的，《三國演義》就是其中最著名的一個例子，胡適認爲它是一部絕好的通俗歷史，在幾千年的通俗教育史上，沒有一部書比得上它的魔力。

在近代日本，從盡其可能達到歷史境界的明治時代文豪森鷗外，到近年來大眾文學傾向濃厚的司馬遼太郎、井上靖、黑岩重吾等，眞可說是名家輩出，這其中還包括了菊池寬、芥川龍之介、吉川英治、山岡莊八、新田次郎……等大家。而歷史小說的興盛至於蔚爲風氣也給讀者大眾帶來了深遠的影響。

由於歷史小說的深遠影響，它的出版便成了極具意義之事。數年前，我們曾經出版了一套包含《三國演義》在內的「中國歷史演義全集」，受到廣大讀者的歡迎。如今，我們在出版歷史讀物（柏楊版資治通鑑）和小說讀物（小說館）的同時，再接再厲，策畫出版一系列的「小說歷史」，這一次，我們企圖以日本的歷史小說爲主，更廣泛地爲讀者蒐羅精采動人的歷史小說。

我們期望採取一個寬廣的態度，與讀者一起從小說出發，追尋它與歷史結合的趣味。

導讀

劍與禪——兩刃相交，是無所躲閃的

林谷芳

死生的風光

談日本文化，就不能不談武士道。「言必行，行必果」，武士的行徑像極了史記「遊俠」、「刺客」列傳裡的人物，而「忠君愛國」乃至不顧生命則又讓人覺得他們是儒家文化在封建時代裡的典型，但以此兩者，還不足以契入武士的眞實生命。

如何使武士視死如歸呢？不扣緊這問題是難以了解武士生命的，「言必行，行必果」、「忠君愛國」都因它才有了徹底實踐的本錢，而談這，就不能不觸及禪的鍛鍊。

禪，是以最明快直捷的態度來面對生死的，儘管無常迅速是佛子的共同體會，但就在現世中想直接超越死生束縛者則莫過於禪，它使死生大事永遠是禪子的第一公案，而悟者的世界也必聚焦體現在這根柢天塹的超越之上，歷代禪門宗匠最迷人的生命風光可說盡現於此。

元代的無學祖元就是個好例子。因避居元人之亂到溫州的祖元，在溫州陷元，寺僧逃避一空，個人獨坐寺中，面對元軍以刀劍臨頸之時，卻吟出「乾坤無地草孤筇，且喜人空法亦空；珍重大元三尺劍，電光影裡斬春風」的偈語，別人是死生之厄，他卻是人空法空，這種氣慨與徹悟，終使得元軍拜倒。

日本的快川和尚也是個好例子。當織田信長的軍隊攻入快川的寺院時，他與一干弟子卻在「安禪不必須山水，滅卻心頭火自涼」的禪誦聲中安然「火定」，火焚竟可以如此沁人心脾。

唐代龐居士一家是另外的典型。龐居士「計劃」於一日中午示寂，告訴女兒後，女兒卻在他出門看時刻時，搶先一步登上父座，合掌坐亡，龐居士見了笑說：「我女鋒捷矣！」越七天，有州牧于公來探病，龐居士爲他說完法後，竟就枕在他的肘上也「去了」，龐婆見父女都走，跑到田裡告訴兒子，兒子聽完後竟也隨即「倚鋤而化」，龐婆便道：「你們都這樣，我偏不然。」後遂不知所終。死生，在這一家子來說，眞可以說是飢來吃飯睏來眠之事！

宋代天童正覺顯現的又是另一種風光。他活了六十七載，圓寂時留下了一首偈語：「夢幻空華，六十七年；白鳥淹沒，秋水連天。」千古艱難唯一死的大事，在他看來，卻如白鳥淹沒般的自然，而死竟可以就是生命之大美——「秋水連天」的景觀。老實說，這首偈語所拈提的甚至比弘一的「華枝春滿，天心月圓」更讓人讚嘆，而世上又有哪種修行能體現如此的風光。

死，在禪，是一種觀照、一種鍛鍊、一種示現，乃至一種完成，可以說就因有這關卡，生命才能成其意義乃至超越，也才能體現或氣魄、或從容、或平常、或大美的風光，一個人如果未能在此用心，則所有世間法、出世間法即只是自我蒙蔽的戲論而已。理想的武士道，正含有禪的這種精神。

然而，武士又是以何種方式來磨鍊乃至契入這種境地的呢？就此，參禪的方式既方便多門，而禪語又謂「挑水砍柴，無非大道」，因此，武士自然就選擇了他們之成為武士的憑藉——劍來入道。可以說，「劍道」的修習，才是武士的根本，除此，則「言必行，行必果」也只是江湖的義氣，「忠君愛國」更不只可能是迂儒的行為，甚而還會成為軍國主義的幫兇。

兵法何嚴厲

談劍道的修行，許多人可能馬上就會聯想及宮本武藏，的確，這個日本劍道二刀流的開創者正是以徹底劍道修行者的面貌來讓世人記憶的。

劍本是凶器、是殺人之物，但在亂世，它卻也是活命之物、救人之器，死生之別，往往就在劍的一擊之中，這種特性，使武士不敢稍忽於劍法的鍛鍊。參禪，要「二六時中，不離那個」，這意指不能讓無始以來即有的無明之心有妄為的機會，如此功夫才能打成一片，也才能導致身心徹底翻轉的悟境，而武士對劍如實地「念茲在茲」，正是一種參禪。

然而，參有徹底的參、有契入的參，也有表象的參、「有隔」的參，如何徹底呢？總要整個生命就是它，它就是整個生命；如何契入呢？總要能顯現山河大地觸目所及「全體是用」。以此，武士的劍就不能只是個劍，它必得是武士生命實踐的體現；劍法也不能就只是劍法，它更是生命宇宙之道的契入。而宮本武藏之所以能成為劍道修行的代表，則正因他一生是這樣徹底、契入地來參扣劍道。

在白鷺城天守閣讀書三年變化氣質而出關的武藏，為何割捨橋頭情人阿通的三年之約呢？在寧可做世間薄情人的表象下，武藏那一刹那，其實正是決心以整個生命去面對劍道的，這個決心，這個割捨，成就了徹底的參，也終使武藏能在二十八歲那年就締造了千古傳誦的「巖流島」之戰。

在小山勝清描寫巖流島後武藏之《是後之宮本武藏》一書中，曾經記有這段傳說：武藏一日在庭院中洗澡，忽覺背後有股殺氣，轉身一望，才發覺死於劍下的佐佐木小次郎的情婦已拿著一把荷製短槍對準著他，雖然，最後武藏以其無畏之身驅、逼人之氣魄終使這女子不僅無法開槍還落荒而逃，但自此，武藏終其一生卻再也沒有脫光衣服洗澡過。

如此，「不予生命以任何可乘之機」，正是武藏在劍道上的基本態度，然而，緣何能下這種決心呢？這就要扣及劍法的嚴厲及劍客的生命特質了。

「兩刃相交，是無所躲閃的」，這個禪語點出了在對決之時的「如實」。兩刃相向，人平時所仗恃的權威、知識、情感此際都無以做爲臨陣敗敵之依附，社會地位多高、知識多淵博、情感多深刻，在面對「死生」之時，竟都與生命無關了，這是劍客的觀照，唯有此劍、唯有自己，才能解決生命的困境，除非不當劍客便罷，既是劍客，就不能不體會及此。

然而，能不當劍客嗎？生命的本質不就正在兩刃相交時才最能裸露的嗎？否則，禪又何必以劍之相向來比喻參禪，武藏就是如此認定了劍道比愛情更能讓他體現生命的如實，才走入了他所謂的「獨行道」中，劍與禪在此地是眞正合一了，武士也因此再也不只是被命運之神推入無盡殺戮的一個世俗生命而已。

武藏這種對生命徹底認眞的態度，使他成爲一個不談禪字的禪者，而也只有如此，才能解釋武藏生命裡的各種風光。

「劍即一切」與「一切即劍」

禪講明心見性，講開悟，而悟正是生命境界的大轉換，生命自此從分割的二元世界走入全體是道的世界，於是山河大地、草木蟲魚在悟者看來固都是法身說法，行住坐臥、語默動靜更都可以是道的體現，悟者的生命特質正是如此「無隔」，是理事圓融、是事事無礙、是落花流水皆文章的。

武藏生命的不可及是他那「兵法何嚴厲」的修業態度，而他最引人欣羡的則正是這種「悟後的風光」，武藏如何選擇劍道爲他一生的修習或許是「常人」所難解的，但他的巖流島之役以及在書法、繪畫、雕刻上的造詣，還有許多修行的軼事卻永遠能爲人所津津樂道。

巖流島之役是武藏劍客生涯的關鍵性一戰，他也以此留名千古，但如何看待巖流島之役呢？不同人卻都有各自不同的看法。

與佐佐木小次郎的這次決鬥，武藏可說是費盡了心思，從槳削的長木劍、故意遲到以使對方心浮氣燥，乃至搶佔背光的有利位置，這種種都使激賞小次郎這早夭英雄的人，無法對武藏釋懷，武藏在此，被看成是個心狠耍詐的江湖人，巖流島則是一個光明磊落劍客的悲情墳場。

然而，對武藏而言，劍法比試所牽涉的果眞只是一般觀念下的劍法麼？自禪的立場，劍法的比試如果只及於劍法，則這孤立的劍又怎可能與生命契合呢？在此，必得是船櫓是劍、時間是劍、光影是劍才是，也因此，在中年之後有人問武藏，是否決鬥必得搶背光位置，武藏的回答卻是：仍可以有「斬陰」之劍。在任何時空中都要使劍能發揮最大能量，只有體會及此，劍的眞意才能顯現。

更甚一步說，巖流島之役勝者之所以是武藏，敗者之所以是小次郎，正是「一切即劍」打敗了「劍即一切」。「一切即劍」，則山河大地，無非是劍，眞乃是遍虛空界盡爲法身，而「劍即一切」雖也超越了常人，卻必得以劍之一端對抗外在的一切，儘管一時可披荆斬棘，但終究則難免於夫復何言之嘆！

武藏決心走入劍道是以「劍即一切」的心情切入的，但武藏之所以能成爲劍聖，則在於他越此而到了「一切即劍」的境地。我們看那些偉大的禪者，哪個初發心時，不是以整個生命投入的？在初參之際，取個由生命發出疑情的公案「念茲在茲」、「二六時中，不離那個」，及至開悟後，則「萬古長空，一朝風月」、「挑水砍柴，無非大道」，以此，武藏在巖流島時，實已預示了他在其他方面的可能成就。

武藏的書畫、雕刻都像他的劍法般，有一份常人難及的直捷，他自稱並沒有花多少功夫在此，但比諸他人的傳世作品卻毫不遜色，即此，唯一可能的解釋並非他是各方面的天生奇才，卻應該是本立而道生，這種種都只是他悟後的風光而已，而也只有看到這些，武藏的生命才堪稱得上是徹底的劍道修行者。

這樣的生命層次，誠然已非一般觀念的武士道所能涵攝，而是劍與禪的世界了，也即如此，晚年的武藏才能達到「神武不殺」的境地，談武士道所不足之處，武藏其實也可做爲一個印證的座標。

劍道之極致

武藏的時代距今四百年，在日本是個家喩戶曉的人物，有關武藏的傳說極多，而著作也有不同版本，就中，以吉川英治的《宮本武藏》與小山勝淸之《是後之宮本武藏》最具代表，前者寫巖流島之前投入劍道歷鍊的武藏，後者寫巖流島之後以禪印劍、以劍參禪的武藏，雖是兩人所寫，卻完整地構成了對武藏一生的了解，而吉川英治的書又被改拍成電影，由稻垣浩執導，三船敏郎主演，使武藏的前期生涯成爲世人熟知的劍士典型。

以生命境界的高低而論，無疑地，後期的武藏自然勝過前期的武藏，而在五十歲那年悟得「眞空一劍」、神武不殺的武藏，也方能說是臻入了深刻的禪者之列，以此，小山勝淸所描繪的，才眞是圓熟生命的鍛鍊與風光。然而，世人感興趣且熟稔的，卻仍是吉川英治所寫的一切，這其中，或許緣於後期武藏的生命境界較非一般人所能了解，而劍道與愛情的取捨本也更能觸動世人的心弦，但更關鍵的，還在那亙古一役的巖流島之戰，武藏由此名揚天下，後人遙想此役，也皆有千古唯此一人之嘆。

巖流島之役成就了宮本武藏，也成就了佐佐木小次郎，以生命見證此一役的他，讓蕞爾小地的船島被稱爲巖流島而爲世人所熟知（巖流爲小次郎的劍道流派名），而島上有著紅色小點的石頭，也被認爲是小次郎的血染紅所致。

如何看待這一役呢？是不世出的兩個天才青年、絕世高手的決戰在吸引著大家永久的注意，還是更有其他的呢？

誠然，沒有這兩個高手，尤其是這麼年輕的高手，此役是不可能如此傳誦千古的，而對於這一戰，武藏與小次郎也應該是被期待的，因爲它可以證明誰是天下第一劍手，答案揭曉了，後世之人自然津津樂道。

然而，就爲了爭個天下第一嗎？以此來看，武藏在擊敗小次郎之後應該是躊躇滿志的，但爲何他又孜孜不倦地繼續在道業的修習呢？顯然，天下第一不是他乃至小次郎所最關心的，而是劍道的極致才是一個頂尖劍客念茲在茲的，小次郎以生命見證了比他更完美的劍法，而武藏在擊敗小次郎之後卻仍必須以餘生去見證何謂「天下最完美的劍」——也就是劍道極致的體現，巖流島之役因此乃可以敗者無怨，而勝者則反須背負著與敗者共同的追尋繼續走下去，只有這樣，才有後來的武藏，而巖流島一役也才不只是輸贏的遊戲。

禪，是不離人間萬法而行超越的，但要達到這般境界卻必須有一段寒徹骨的鍛鍊，以是禪者的生命才有禪語所謂「未參禪前，見山是山，見水是水；及至後來，親見知識，有個入處，見山不是山，見水不是水，而今得個休歇處，見山祇是山，見水祇是水。」的風光。從輕狂少年到以劍入禪，乃至最後神武不殺，禪的這種軌跡也體現在武藏的一生中，眞實的武藏不只是個劍客，更是個禪者。

典型在夙昔

誠然，自大悟的境界而言，武藏的一生也還沒能達到徹底透脫的地步，晚年的武藏究竟有一股難掩的寂寞，然而，或許就因爲這點遺憾，再加上前期少年的悔悟、愛情的浪漫、求道的執著、兵法的嚴厲才使武藏的一生能永遠活在世人心中。二十年前，夜讀宮本武藏的傳記，想著這位可敬劍客的一生，我寫下了：

江湖久獨行，凜冽若孤松；
欲將天地對，不與世人同。
髮白添寂意，劍冷泣秋風；
兵法何嚴厲，寒夜佇冰峰。

這遙寄給武藏的詩，而二十年後的今天讀來，詩中的一切，對我卻仍是點滴在心頭的，只是，離開了對那「無以迴避之劍道對決」的體會，在習禪已變成是「啜飲一杯午後香醇咖啡」的現在，心底自不免又興起另一層無限的感慨。

〔作者簡介〕林谷芳：台灣新竹人，一九五〇年生。台灣大學人類學系畢業。六歲有感於死生，高一見書中句「有起必有落，有生必有死，欲求無死，不如無生」，有省，遂入無生法門，同時間，也開始學習中國音樂。一九七四年起隱於市修行並教授琵琶。一九八八年開始從事文化評論工作及民間講學。觀照主題爲禪修行、中國音樂的人文世界及文化重建，並爲佛光大學藝術文化研究中心主任及「忘樂小集」召集人。

著有《諦觀有情——中國音樂裏的人文世界》等著作。

自序

本書的初版，大約是在十幾年前發行的。而我開始計畫起稿，已過了將近二十年的歲月。

本書後來又重新裝訂，再度出版。這期間我經常陷入過去茫茫然的思緒中。因爲，這段期間世事不斷地變遷。

以前曾經有人對我說：「你的《宮本武藏》已經是古典了，它只不過是部舊作罷了！」我苦笑回答：「也許你說得沒錯。雖然大家認爲它只不過是部古典，對我來說卻是値得欣喜的。」

身爲一個作家，花了將近二十年的心血，完成了這部鉅作。現在，仍有不盡理想之處。在作品當中，亦可看到自己尚未成熟的內心世界。但是，無可否認的，這個作品原原本本地呈現出當時自己赤裸赤誠的工作熱忱。現在我已經不再考慮這個作品將來的定位，只有將它交給時代的潮流和評論、交給讀者，它自會獲得應有的評價。

昭和二十八年晚秋（一九五三）

再序——摘自〈舊序抄〉

宮本武藏的一生可說充滿了煩惱和鬥爭。他身處的時代雖然離我們已經非常遙遠，但是現代人仍無法掙脫這兩項苦惱。尤其是武藏所處的時代，更是赤裸裸的鬥爭社會，因此他抱著人類求生的本能，遍嘗煩惱、苦難之後，猛然覺悟，爲掙脫命運的枷鎖，以有形的劍，求無形的修羅之「道」，在他的生命中寫下了永垂不朽的記錄。

每個人生來就具有性欲和肉體上的需求。而文學上一個重要的課題，就是探討人類這種與生具來的鬥爭本能。

本書的主角武藏，終其一生皆在爲這種本能之苦而戰鬥。宿命之苦永無止境，武藏生存在浩瀚無涯的天地之間，相形之下，他的劍渺小得猶如一根針。雖然如此，劍卻代表了武藏內心的形象。也是他追求「鬥爭即菩提——鬥爭即是道」的代表。

對於這些歷史課題，我在意的是它所造成的影響。雖然我不是道學專家，但每思及此，即令我誠惶誠恐。

因爲，即使是一本微不足道的小說，有時也會左右讀者的一生。

我創作文學的態度，不在於劃分作品是文學性或非文學性，而在於將著眼點放在是否對讀者產生影響上。

剛開始，我因興趣提筆寫此書，但非自己吹毛求疵，一想到影響之大，便使我在書寫的過程中，不得不特別留意，費了不少心思。

多年以來，透過這個作品，讀者的垂愛不斷湧向作者，也使身爲作者的我對此更加注重。

我舉個小例子，有一位京都畫櫻聞名的已故畫家K‧U氏，生活困苦，決定全家自殺尋死。就在他下決心的那天，在晚報上讀到武藏攀登朝熊山的那一章，深受感動之餘，打消了尋死的念頭。後來經由「朝日報社」副刊T主任的介紹，與我見了面才談起此事。另外，游泳選手古橋、象棋八段的升田，此兩人亦自書中得到啓示，得以奮發圖強。當我聽到這些例子時，除了感到歡欣、受到鼓舞之外，更深深體認到自己責任的重大，內心受到的壓力，令人萬分痛苦。

除了作者對讀者的影響之外，讀者對作家亦會有所影響。或許可以說，我在不知不覺中亦曾受到讀者的影響。

將「書桌」放在大衆之間，受大衆精神生活影響的文學創作，可能無法孤芳自賞。因爲若被小說化，恐怕只會導致更可怕的宿命文學罷了。

在《宮本武藏》這部小說中，有一點容易引起爭議，有時也會導致評書時的誤解，那就是我把人類和封建的種種跡象比喻成一把劍。但是我相信，只要讀者本身志向正確、抱著現代觀點，從世界的角度以及社會的角度來讀此書，對我書中所指「劍」的眞正含意就不會有所誤解了。

我認爲讀者應該在該娛樂時娛樂，該夢想時夢想，配合現實世界詮釋書中的道理，自由享受讀書的樂趣。

武藏的劍不是殺戮之劍，也不是人生的詛咒。

他的劍是守護之劍，也是愛之劍。在自己和他人的生命中，用劍立下嚴厲的道德指標，奮力解脫人類命運的禁錮。同時，也正是哲人所追求的道路。

武藏也是個畫家，亦有文雅的一面，但因其繪畫生涯始於晚年，因此在小說《宮本武藏》裏，只提到一些武藏圖繪屏風、雕刻觀世音像等屬於初期文化知性萌芽的階段。

至於他的戀愛生活，亦有他自己的方式，並無意強迫讀者模仿。但卻可做爲現代人戀愛的借鏡。而如何對焦，便是個人的自由了。

從現代和往昔這兩面鏡子中看武藏，便可知他的劍已不是單純的兇器了。

昭和二十四年二月（一九四九）

于吉野村

舊序

很久以前，我就一直想寫一本有關宮本武藏的書。後來在《東西兩朝日新聞》的副刊上，每天寫上一小篇連載。之後彙集成冊，便成了這本書。

對一般人而言，很多人從少年時代開始，即對宮本武藏這個人物耳熟能詳。但他大部分都出現在古戲曲或舊時代的讀本中，而且受到扭曲。因此，從這些文藝作品當中，根本無法瞭解宮本武藏真正的內心世界。

近年來，有人開始認眞思考宮本武藏的事蹟，說他的一生是「用劍道體驗人生，得以悟道。」或是「不斷苦鬥的結果，才得以修得完美人格。」這可說是一項「武藏研究」的形態。另外，還有美術史家們對武藏的繪畫加以研究及詮釋，但是我這部書卻只是單純的小說宮本武藏，並不作學術上的探討。

時下一些戲劇作品絲毫無法表現武藏眞正的人格，對此我感到非常不滿。因此，重新改寫毫無意義。既然要寫，就必須糾正過去對武藏的錯誤觀念，朝著接近事實、較具現代感、能引起讀者共鳴的目標，將武藏重新呈現出來。

另外，由於現代人太過於纖細、講求小智謀、充滿無力感，因此我也期望藉由此書，描述祖先過去堅強的精神和追求眞摯人生的毅力，盼能喚醒現代人。

本書亦可說是在社會進步的過程當中，能對一些眼高手低的習性，引起移風易俗的作用，如此亦有它在文學上的意義。這些可說是我創作此一作品的動機。

雖然如此，我無法確知能達到多少效果。只是，當此作品在報上連載時，受到讀者熱情踴躍的鼓舞，更令我如臨深淵、戰戰兢兢。我寫報紙連載小說，這是第一次受到如此熱烈的迴響以及讀者的激勵，也收到很多感想。

在此我還要特別感謝許多不知名人士，在我執筆期間，不斷將有關武藏的鄉土資料或記錄文件寄給我。才疏學淺的我，因而受到極大的助益。

昭和十一年四月（一九三六）

于草思堂

⊙宮本武藏晚年自畫像（1584-1645）

武藏與佐佐木小次郎的決鬥於船島，可說是「一切即劍」的劍聖勝了「劍即一切」的劍豪。他一生致力於嚴格的自我鍛鍊，爲日人心目中的武士典型。

總目錄

(一)地之卷

(二) 水之卷

(三) 火之卷

(四) 風之卷

(五) 空之卷

(六) 二天之卷

(七) 圓明之卷

宮本武藏

㈠

地之卷

地之卷

人生有很多事是無法重新來過的。世上凡事也都是眞刀眞槍定勝負。你現在就像被人砍了頭還想把它接回去一樣。你雖可憐，但我澤庵是不會爲你解開繩索的，爲免死狀太難看，武藏，你還是念念經，靜靜體會生死大義吧！

鈴

1

——這場天地間的巨變，究竟會帶來什麼樣的結果呢？

人世間各種變化，猶如秋風中的一片枯葉，就讓它順其自然吧！

武藏這麼想著。

他橫躺在屍堆中，看起來也像一具屍體，使他有這些體認。

「現在，別想再叫俺動一下。」

其實他是體力耗盡，根本無法動彈了。而武藏似乎沒有發現自己身體已中了二、三顆子彈。

昨夜——說得詳細一點，應該是慶長五年（編註：一六〇〇）九月十四日半夜到天亮這段時間，關原地方下了一場傾盆大雨，到了今天下午，天空仍然烏雲密布。而且，一片黑雲流連於伊吹山背和美濃連山之間，不時沙沙地帶來一陣驟雨，清洗激戰後的痕跡。

這些雨水，啪啪地落在武藏的臉上，也落在旁邊的屍體上。武藏像鯉魚一般，張開口吸著從鼻樑流下來的雨水。

——這是末期之水（編註：給臨終病人濡濕嘴唇的水）。

在他昏沈的腦海中，隱約如此感覺。

這一場戰爭，註定是要失敗。金吾中納言秀秋倒戈通敵，聯合東軍攻向己方的石田三成、浮田、島津、小西等陣營，猶如骨牌倒塌一般，可說只花半天，就決定了天下的君主。同時，雖然眼前看不出幾十萬同胞的命運，但這一戰，卻決定了子子孫孫往後的宿命。

「俺也是……」

武藏想著。眼前突然浮現單獨留在故鄉的姊姊，以及村裏的老年人。但為什麼一點也不覺得悲傷呢？可能死亡就是這麼一回事吧！然而就在此時，離他十步左右的己方屍堆當中，有一個看似屍骸的身體，突然抬起頭來叫道：

「阿武！」

聽到有人叫他，武藏的眼睛像從昏死中醒來一般，四處張望。原來是他的朋友又八，那個只帶支槍，從同個村子出來，和他追隨同一個主君的朋友。兩人內心都燃燒著青春的火焰，為了追求功名，來到這裏並肩作戰。

當時又八十七歲，武藏也是十七歲。

「哦！是阿又呀？」

他在雨中回答。

「阿武！你還活著呀？」

對方問道。

武藏使盡全身的力氣喊著：

「當然還活著，死得了嗎？阿又！你也別死，別徒死他鄉呀！」

「混帳！俺會死嗎？」

又八死命地爬到友人的身邊，抓起武藏的手說道：

「我們逃走吧！」

武藏立刻反拉他的手，罵道：

「你想死啦？現在還很危險！」

話還沒說完，兩人所躺的大地，突然像鍋子一樣響了起來。原來有一羣烏鴉鴉的人馬，夾雜著吶喊聲，橫掃關原中央，往這邊殺過來了！

看到旌旗，又八突然大叫：

「啊！是福島的軍隊。」

武藏趕忙抓住他的足踝，把他拉倒在地。

「笨蛋！你想死呀？」

話聲甫落。

無數沾著泥土的馬蹄，像紡織機一般，快速而整齊地奔跑過來。馬上的盔甲武士揮舞著長槍及陣刀，從兩人的頭上不斷飛躍過去。

又八一直趴著。武藏則睜著大眼，一直注視著幾十隻精悍動物的肚子。

2

從前天就開始下的傾盆大雨，像是最後一場秋季暴雨。九月十七日夜晚，整個天空萬里無雲。仰望蒼穹，只見一輪明月睥睨人間，令人心生恐懼。

「走得動嗎？」

武藏把友人的手腕繞在自己的脖子上，撐著他的身子走路。還不斷地注意耳邊又八的呼吸聲。

「沒事吧？振作點！」

他問了好幾次。

「沒事！」

又八用蚊子般微弱的聲音回答，臉色卻比月光還慘白。

連續兩晚，他們都躲在伊吹山谷的溼地裏。由於只吃一些生栗子或青草，武藏腹痛難耐，又八則腹瀉不止。當然，德川那邊不會因爲戰勝而有所鬆懈，一定在到處搜捕「關原之役」戰敗的石田、浮田、小西等軍的餘黨。所以他們並不是沒有考慮到在月夜溜到村裏的危險性，然而又八痛苦難耐，直說道：

「被捕也罷了！」

武藏也想，坐在那兒等死，實在太無能了，這才下定決心，背著他往有人煙的地方，下了山來。

又八拿長矛當柺杖，艱難地移動著腳步。

「阿武，俺很抱歉，眞的很抱歉！」

他靠在友人的肩上，感慨萬千地說著。

「說這什麼話？」

武藏回答。過了一陣子又說道：

「這話應該由俺來說的。當初聽到浮田中納言及石田三成起兵的時候，俺心想這下子太好了！因爲俺的父親以前追隨的新免伊賀守，就是浮田家的人。俺想，靠這層關係，即使咱們只是個鄉士的兒子，只要背著一把槍，去追隨他們，他們一定會像對俺父親一樣，須給咱們正式武士的身分。俺還抱著夢想，期望在這個軍隊裏，能取下敵方大將的首級，做給那些故鄉裏瞧不起俺的人看看，九泉下的父親無二齋，也會嚇一大跳吧！」

「俺還不是一樣！……俺還不是一樣！」

又八也點頭同意。

「俺那時也邀你這位最要好的朋友說，怎麼樣？要不要去？你的母親認爲俺豈有此理，把俺罵了出來。還有，跟你訂了婚的七寶寺阿通姑娘，以及俺的姊姊，大家都哭著阻止咱們說，鄉士的兒子就當鄉士吧……這也難怪，因爲你和俺都是必須傳宗接代的獨生子呀！」

「然而咱們倆卻認爲，跟女人和老人商量沒用，就斷然跑了出來。這還不打緊，咱們到了新免家的陣營，才知道他根本不顧念往昔主從情分，不頒給咱們武士身分。咱們只好毛遂自薦，央求當個足輕（編註：平時擔任雜役，戰時成爲步兵的雜兵）也好，最後好歹留了下來。沒想一到戰場，不是看管物品，就是清除路邊雜草，不斷勞動，拿鐮刀除草的時候比拿槍還多。別說敵方大將的首級，連砍武士首級的機會都沒有。結果落到現在這步田地。這會兒如果讓你徒死於此，教俺如何向阿通姑娘，以及你母親謝罪？」

「這種事，誰會把責任推給阿武你呢？戰敗了就是這種下場，一場混亂。而且如果眞要歸咎的話，那就要怪金吾中納言秀秋叛變。俺恨他！」

「嗯……」

3

走了一會兒，兩人來到曠野一隅。站在那兒，視野所及到處是秋末季風掃過的芒草。看不到燈火，也沒人煙。他們心想，剛才應該不是朝這個方向走來的啊！

「奇怪了？這是哪裏？」

他們再次環顧自己站的地方。

「只顧講話，好像走錯路嘍！」

武藏自言自語。

「那不是杭瀨川嗎？」

靠在他肩上的又八也開口說道。

「這麼說來，這一帶就是前天浮田以及東軍的福島、小早川軍隊，與敵方井伊及本多勢軍隊混戰的地方了。」

「是嗎？……俺應該在這一帶奔馳過，怎麼一點都不記得了？」

「你看！那邊。」

武藏指著遠處說道。

觸目所及，被秋風掃倒的草叢，以及白色的河流裏，都是在前天那場戰役中，敵我雙方戰死的兵士，屍橫遍野。有的頭倒插入芒草叢中；有的仰泡在水裏；有的被馬屍壓住。連續兩天的大雨，雖然把血跡都沖洗乾淨了，然而在月光下，每具屍體的皮膚都像死魚般慘白，可以想見那天激戰的情景。

「……蟲在啼哭。」

靠在武藏的肩上，又八像病人般嘆了一大口氣。啼哭的不只是鈴蟲、松蟲，又八的眼角也流下了淚水。

「阿武！俺如果死了，你能幫俺照顧七寶寺的阿通姑娘嗎？」

「傻瓜……你在想什麼？怎麼突然提這事？」

「俺搞不好會死了！」

「別說洩氣話了——你怎麼會這麼想呢?」

「俺的母親有俺的親戚照顧。但是，阿通姑娘可是孤獨一人呀!聽說她還是嬰兒的時候，就遭在寺裏投宿的武士遺棄，變成了棄嬰，好可憐呀!阿武，說眞的，俺如果死了，一切拜託你了!」

「不過是腹瀉罷了，哪會死人?振作點!」

武藏拚命給他打氣:

「再忍耐一下，等咱們找到農家，俺去要點藥來，你也可以好好睡一覺。」

從關原通往不破的街道上，有旅館也有村落。武藏小心翼翼地走著。

走了一陣子，來到一處滿是屍骸的地方，讓人以為有一部隊在此全軍覆沒了呢!然而現在兩人不管看到什麼樣的屍體，也不會感到殘忍或悲哀了!雖然已經如此麻木不仁，武藏卻為一物所驚，又八也內心一悸，縮住了腳步。

「啊……」

他們輕叫了一聲。

原來有個人像兎子般動作敏捷地躲到累累的屍體間。此時的月光皎潔，猶如白晝。所以仔細凝視之下，可以看出有個人影蹲在那兒。

——是個野武士(編註:戰時在山野裏刼奪戰敗武士武器等的農民武裝集團)吧?

他們馬上這麼想。然而，很意外的，原來是個小姑娘，看起來只有十三、四歲。她衣衫襤褸，卻繫著繡金線的窄幅腰帶，衣服的袖口是圓形的。

小姑娘也戒備著這邊的人影，像貓般敏銳的眼神，從屍體當中直射過來。

4

戰火雖熄，但還是有武士拿著刀槍，以這一帶爲中心追討山野中的殘黨。這裏到處橫躺著死屍，可說是鬼哭神號的新戰場。而這個尚未成年的小姑娘，夜晚單獨一人，在無數的死屍當中，到底在做甚麼？

「……？」

武藏和又八覺得很奇怪，又想靜觀其變，所以兩人屏息凝神，觀看這位小姑娘到底在做甚麼。最後武藏還是忍不住好奇心，大吼一聲「喂」，小姑娘驚慌地轉動著圓圓的雙眸，準備逃走。

「不用怕！我有事問妳。」

雖然武藏匆忙補上一句，但爲時已晚。小姑娘受到驚嚇，頭也不回地逃往對面山頭。不知是掛在腰帶還是袖口的鈴鐺，隨著飛躍的影子，發出悅耳的聲音，留在兩人耳中，令人泛起一陣異樣的感覺。

「到底是甚麼啊？」

武藏茫然地望著夜晚的霧氣。

「會不會是鬼啊？」

又八說完，身體顫抖了一下。

「不會吧！」

武藏微微一笑道：

「她躲到那兩個山坡中間了。看起來這附近有村落。別驚動她，我們去問就知道。」

兩人爬到那個山坡上，果然看見有人家燈火。這裏是不破山尾部向南延伸出去的溼地。雖然已見燈火，但還是走了一公里左右才到。走近一看，不像個農家，有土牆，還有一個盡管陳舊但一看便知是門的入口。門柱已腐朽，門也不在了。進了這門，從茂盛的萩樹叢中，看到主屋的門深鎖著。

「有人在嗎？」

他們輕輕敲門。

「很抱歉半夜來打擾，有事拜託。請救救這位病人，我們不會給您添麻煩的。」

過了許久仍無人回答。剛才那個姑娘好像在跟她的家人細聲討論。不久，聽到門裏面有聲響，他們以爲要來開門，等了一陣，卻非如此。

「你們，是關原的戰敗逃兵吧？」

是那位姑娘的聲音，聽起來很緊張。

「是的，我倆都是浮田旗下，新免伊賀守的足輕。」

「不行，藏匿逃兵是有罪的。你說不給我們添麻煩。但是，這樣我們麻煩可大了！」

「是嗎？那……也沒辦法了！」

「你們到別的地方去吧！」

「我們會離開。但是，跟我同行的男子腹瀉嚴重。可否請您拿些藥給我們？」

「如果是藥的話……」

對方考慮了一下，可能跟家人商量去了。鈴鐺聲隨著她的腳步聲，往屋裏逐漸消失。

此時，另外一扇窗戶出現了一個人。這位看起來像是這家的女主人，似乎從剛才就在窺探他們，這時才開口道：

「朱實啊！給他們開門吧！他們雖然是逃兵，但是雜兵不會列入清查的名單裏，給他們過一夜不會有事的。」

5

在這個小木屋裏，兩人得以靜養療傷。又八每天服用朴樹炭粉，吃韭菜粥，臥牀休息；武藏則用燒酒清洗大腿上的彈傷。

「這家不知是做甚麼的？」

「不管他們是做甚麼的，願意收留我們，就是地獄中的菩薩！」

「那個夫人還年輕，帶著小姑娘孤單兩人，竟然敢住在這荒郊野外裏！」

「那個小姑娘和七寶寺的阿通姑娘，長得還眞有點像呢！」

「唔，長得是很可愛……但是，像娃娃般的姑娘，半夜一個人走在連我們都覺得噁心的屍堆裏，眞令人不解！」

「聽！有鈴鐺的聲音。」

兩人傾耳聆聽——

「好像是那個叫朱實的姑娘來了。」

腳步聲停在小木屋前，應該就是她。她像啄木鳥般從外頭輕輕敲著門。

「又八哥哥！武藏哥哥！」

「誰呀？」

「是我，給你們帶稀飯來了。」

「謝謝。」

他們從草蓆上起身，打開門鎖。朱實提著藥和食物說道：

「你們身體可好？」

「托妳的福，兩人都痊癒了。」

「我母親說過，即使痊癒了，也不能大聲講話，或把頭伸出窗外喔！」

「謝謝妳們的幫忙。」

「聽說石田三成和浮田秀家等從關原逃出來的大將還沒捉到，所以這一帶清查得很緊。」

「眞的？」

「所以要是讓他們知道我們藏匿逃兵，即使只是雜兵，我們也會被抓去的。」

「知道了。」

「那你們早點休息，明天見。」

她微笑道，正要轉身出去，又八叫住她。

「朱實姑娘，再多聊一會兒吧！」

「不行。」

「為什麼？」

「會被母親罵的。」

「有件事想問妳，妳幾歲？」

「十五。」

「十五？這麼小！」

「可是我會做很多事呢！」

「妳父親呢？」

「不在了。」

「妳們是做甚麼的？」

「我們家的職業嗎？」

「嗯！」

「艾草店。」

「哦！做針灸的艾草，聽說是這裏的名產。」

「春天我們去砍伊吹的蓬草，在夏天曬乾後，秋冬季再製成艾草，然後拿到垂井的旅館，當土產賣。」

「是嗎？……如果是做艾草的話，女人也是可以勝任哪！」

「只有這樣嗎？你不是說有事嗎？」

「是啊！還有……朱實姑娘！」

「甚麼事？」

「前幾天的晚上——就是我們來到妳們家的晚上——我們想問的是，朱實姑娘！妳跑到死屍遍布的戰場上，到底在做甚麼？」

「不知道！」

啪——的把門一關，朱實搖著袖口的鈴鐺，飛快跑向主屋去了。

毒茸

1

武藏身材高大，大約有五尺六、七寸，像一匹善跑的駿馬。腿脛和手腕都很修長，雙唇朱紅，兩道濃眉，長過眼尾。

——豐年童子。

他的老家作州宮本村的人，在他年少的時候，經常如此叫他。因爲他的眼鼻和手足，都比別人大很多，所以才說他是豐年出生的小孩。

而又八也是「豐年童子」中數一數二的一個，只是比起武藏來，顯得又矮又肥。胸膛像棋盤，肋骨橫長，臉蛋渾圓，講話的時候那雙栗子眼會不停的轉動。

這會兒又八不知甚麼時候又去偷看回來了。

「喂！武藏，這個年輕寡婦，每天晚上都擦白粉，化濃妝耶！」

他最喜歡講這一類的悄悄話。

兩人都很年輕，身體又強壯。武藏的彈傷痊癒的時候，又八也就無法再像蟋蟀一樣，躲在陰溼的柴房裏頭了。

有時候聽到有人圍在主屋的火爐旁邊，跟寡婦阿甲、朱實姑娘高唱萬歲歌或聊天，或者逗人開心，而說的人也跟著哈哈大笑。武藏以爲有客人來了，仔細一聽，才知道原來是又八，這才發覺不知何時柴房裏早已看不到他的蹤影。

夜晚，他不睡在柴房的時候也越來越多了。

偶爾，他會帶著酒臭味來找武藏：

「武藏，你也出來吧！」

剛開始武藏會提醒他：

「笨蛋！我們是逃兵耶！」

「我不喜歡喝酒。」

每每不給他好臉色看，後來也漸漸鬆懈下來了。

「這附近，不要緊吧！」

在小木屋關了二十天，第一次仰望藍天，武藏伸了個大懶腰，說道：

「阿又，打擾別人太久也不好，差不多該回家鄉了。」

「俺也這麼想。但是，伊勢路和此地與京城間的道路，都查得很緊。至少要躲到下雪的時候，才比較安全。寡婦這麼說，那姑娘也這麼說……」

「像你這樣圍在火爐旁喝酒，一點也不像在躲藏！」

「你說什麼！上次，只剩浮田中納言還沒被捕，有一個德川的武士到這裏盤查，還不是俺出去把他打發走的。與其躲在柴房，聽到腳步聲就戰戰兢兢的，不如這樣還比較安全。」

「原來如此，這樣反而比較好。」

武藏雖然認爲他強詞奪理，但也同意他的說法。當天就搬到主屋去了。

寡婦阿甲很高興家裏變得熱鬧，一點也不覺得麻煩。

「阿又或是阿武，哪一個來當咱們朱實的夫婿吧！要是能永遠待在這兒，那該多好呀！」

她喜歡逗逗純眞的青年，看著他們慌亂的樣子，著實有趣得緊。

2

房子後面有一座長滿松樹的山。朱實提著籃子叫道：

「在這裏！在這裏！哥哥快來！」

她尋著松樹底，只要一嗅到松茸的香味，就會天眞無邪的大叫。

離她不遠的松樹下，武藏也提著籃子，蹲著尋找。

「這裏也有喔！」

秋天的陽光透過針葉樹梢，照在兩人身上，形成細細的光波，搖曳生姿。

「比比看，誰的多？」

「俺比較多喔！」

朱實把手探入武藏的籃子裏道：

「不行！不行！這是紅茸，這是天狗茸，這些都是毒茸。」

她挑了好多出來丟掉。

「我的比較多。」

她很得意。

「天要黑了，回去吧！」

「是不是因爲你輸了？」

朱實嘲笑他，像個孩子般蹦蹦跳跳地先跑下山去了。可是跑一半，突然臉色大變，停了下來。

有個男人大步地走向半山腰的林子裏來。陰森森的眼神望向這裏，令人覺得很可怕。他表情猙獰，眉毛像毛毛蟲，厚嘴唇往上翹，帶著一把大刀。腰前掛著鎖鏈，身穿獸皮，散發出原始的、好戰的氣息。

「阿朱！」

他走到朱實身旁，露出一口黃板牙笑著。然而朱實卻嚇得臉色慘白，渾身戰慄。

「妳娘在家吧？」

「在。」

「妳回家後，告訴她小心點。聽說她在俺背後偷偷賺錢。哪一天俺會去收年貢的！」

「……」

「妳以為俺不知道啊！妳們一賣東西，馬上就會傳到俺的耳裏。妳每天晚上也到關原去吧？」

「沒有。」

「跟妳娘說，如果她再胡來，俺就把她踢出這塊土地──知道吧！」

他瞪著眼睛說完後，便移著笨重的身軀，慢吞吞地走向溼地去了。

「那傢伙是誰？」

武藏看到他走開，回頭問她。朱實的嘴唇仍在顫抖。

「不破村的辻風。」

她小聲地回答。

「是個野武士吧！」

「對。」

「妳為何惹他生氣了？」

「……」

「我不會說出去的。是不是不方便對俺說？」

朱實久久無法啓齒。過一會兒，突然靠著武藏的胸膛說道：

「不可以告訴別人喔！」

「嗯！」

「那一天晚上，我在關原做什麼，哥哥你還不知道？」

「……不知道。」

「我在偷東西。」

「咦？」

「我到戰場，找戰死武士身上的東西——刀、髮簪、香囊等等，只要能賣的，什麼都拿。雖然可怕，卻可以餬口。如果我不去，母親會罵我的。」

3

太陽還未下山。

武藏坐到草中，要朱實也坐下。透過松樹縫隙，可以望見伊吹山溼地斜坡上有幢民房。

「這麼說來，上次妳說妳家的職業是割蓬草，再做成艾草，也是騙人嘍？」

「對。我母親這個人很虛榮、浪費，光是割蓬草，根本不夠生活的。」

「嗯……」

「父親在世的時候，我們在伊吹七鄉住的是最大的房子，還有很多下人。」

「妳父親是城裏人嗎？」

「是野武士的首領。」
朱實眼中充滿得意神色。
「可是，被剛才從這裏經過的辻風典馬給殺死了……大家都說是典馬殺的。」
「咦？被殺？」
「……」
她以眼神代答，眼淚也就這麼情不自禁地流了下來。這個小姑娘雖然身材嬌小，但是說話老成，看不出只有十五歲。而且有時候動作快得令人稱奇。武藏一時之間，雖然不覺得她有什麼值得同情的，但是看到眼淚從她那上了膠似的濃密睫毛上不斷流下來，突然有一股憐香惜玉，想要擁抱她的衝動。
想來，這個小姑娘一定沒受什麼正規的教養。她一定認爲父親野武士的職業，就是最好的職業了。而且，她母親也一定灌輸她，爲了塡飽肚子，當小偷這種冷血的勾當，也是正當職業的觀念。
經過漫長的亂世，野武士不知何時已變成苟且偷生、不知生命意義的流浪漢了。而人們也不以爲怪。領主們在戰爭時，利用他們到敵方放火，散布謠言，也獎勵他們去偷敵營的馬匹。領主不用他們時，他們就去洗劫戰後的屍骸，或扒光逃兵的衣服，或是把撿到的頭顱拿去領賞。反正花樣很多，只要有戰爭，就可以自甘墮落，白吃白喝個一年半載。
農夫或樵夫雖是善良百姓，但是如果戰爭靠近村落，就沒法下田工作，也只好去撿些殘留物品，得到便宜後，便會食髓知味。
如此一來，專業的野武士，就得更嚴密地保護自己的地盤。如果知道有人侵犯到他的地盤，是不會輕易放過的，一定會用殘酷的私刑來維護自己的權利。

「怎麼辦呢？」

朱實唯恐受罰，不覺戰慄不已。

「辻風的手下一定會來的……要是來了……」

「要是來了，俺會幫妳擋的，別擔心。」

當他們下山來的時候，滏地天色早已全黑了。有一戶人家，浴室的煙囪冒出裊裊白煙，繚繞著黃褐色的鳳尾花。寡婦阿甲照常化了晚妝，站在後門等待。一看到武藏和朱實並肩回來——

「朱實、妳做什麼去了？這麼晚才回來？」

女主人的眼神和聲音從未如此嚴厲。武藏愣住了，小姑娘則對母親的情緒非常敏感。心裏一震，立刻離開武藏身邊，紅著臉，向屋裏跑去。

4

第二天朱實才提起辻風典馬的事，她母親心慌不已，罵道：

「妳爲何不早說呢？」

接著，她把櫃子、抽屜、倉庫裏的東西，全都拿出來聚在一起。

「阿又！阿武！你們兩個都來幫忙，我要把這些放到天花板上。」

「好，來了！」

又八爬到屋頂下方。

武藏則腳踩著踏腳台，站在阿甲和又八中間，把要藏的東西一一傳到天花板上。要是昨天沒聽朱實說過家中的情形，突然看到這麼多東西，武藏一定會嚇破膽的。要搜集這些東西，可還眞花功夫呢！有短刀、槍穗、盔甲的一隻袖子，還有沒有頂部的頭盔、旌旗、念珠、旗杆等等。較大件的東西裏，甚至有鑲著蝶貝和金銀的華麗馬鞍。

「只有這些嗎？」

又八從天花板上探出頭來問道。

「還有一個。」

最後，阿甲拿出一柄四尺長的黑樫木劍。武藏在中間接住，覺得刀刃鋒利，握在手上沈甸甸的，突然感到愛不釋手。

「伯母，這個可不可以送我？」

武藏問道。

「你想要呀？」

「嗯。」

「……」

雖然她未答話，卻笑著點點頭，答應了武藏的要求。

又八下來時看到了，羨慕不已。

「這個孩子在吃醋了！」

阿甲說畢，也拿了一條鑲了瑪瑙的皮巾給他，但又八並不中意。

一到傍晚，這個寡婦就有個習慣——可能丈夫在世時就有了——一定要入浴、化妝，且喜歡小酌一番。不只她自己，也叫朱實如此做。生性愛慕虛榮，追求青春永駐。

「來呀！大家都出來！」

大家圍著火爐，她給又八斟酒，也給武藏酒杯。不管他們再怎麼推託，她仍然抓著他們的手，勉強他們喝下去。

「男人呀！不喝點酒，算什麼男子漢？來，阿甲給你們倒酒。」

又八的表情常常轉爲浮躁不安，眼睛直瞪著阿甲。阿甲雖然知道，手卻放在武藏的膝蓋上，用甜美的聲音，唱著最近流行的歌。唱完了，便說：

「剛才的歌，是我的心聲——武藏，你可知道？」

她也不管朱實已羞得把臉轉向一邊，就是存心等著看年輕男子羞澀的表情，同時也要激起另外一個人的嫉妒。

又八覺得越來越無趣了，便說道：

「武藏！我們差不多也該離開了。」

阿甲聽到後問道：

「去哪裏？阿又！」

「作州的宮本村哪！我想回故鄉，因為我母親給我安排了一樁好婚事。」

「是嗎？那是我不好，把你們藏在這裏。如果已有對象，阿又你一個人先走吧！我不會留你的。」

5

武藏緊握著木劍，咻——的試著揮舞，劈、收之間，非常協調，使他感到無限的滋味和快感。他把阿甲送他的黑樫木劍，經常帶在身邊。

連晚上也抱著睡覺。當他把冰冷冷的木劍貼在臉上時，總令他想起幼時的耐寒訓練，當時從父親那兒領略到的冷嚴氣魄，便會在他的血液中沸騰起來。

他的父親就像秋霜一樣嚴格。武藏很懷念幼年時就別離的母親，對父親則非常生疏。煙臭和恐懼便是他對父親的印象。九歲的時候，武藏突然離家，投奔住在播州的母親，也只是想聽聽母親溫柔地說：

「噢！你長這麼大了！」

母親不知為何要跟父親無二齋離婚，再嫁給播州佐用鄉的一個武士，還生了小孩。

「回去吧！回到你父親那兒——」

母親在無人的神社邊林子裏張開雙手緊緊抱著他哭泣的一幕，至今仍鮮明地留在武藏的腦海裏。

過了不久，父親派人追來。當時他才九歲，就這麼被脫光了衣服，綁在無鞍的馬背上，從播州帶回作州的吉野鄉宮本村。父親無二齋怒罵道：

「不肖子！你這個不肖子！」

還拿楞杖打他。這件事也深深的烙在他幼小的心靈。

「如果再到你母親那兒的話，我就不認你這個兒子！」

過了沒多久，武藏聽說母親病死了，本來抑鬱寡歡的他，突然變成沒人敢碰的暴君，連無二齋也拿他沒辦法。當父親拿鐵棍要打他，棍子反而被他搶去，反過來打父親。村裏的惡童都怕他，敢跟他對峙的，就只有同樣是鄉士兒子的又八。

十二、十三歲的時候，武藏已有大人般的身材。有一年，一名據稱在雲遊學藝，高舉著金箔旗在鄰近幾個地區到處找人挑戰的武者有馬喜兵衛來到村裏。武藏在竹籬笆中將他打死時，村裏的人都歌頌他：

「豐年童子阿武好強壯喔！」

但是，他那強勁的雙手越來越充滿暴力。

「武藏來了！別惹他！」

大家都怕他、討厭他。他的內心充滿了冰冷。父親終其一生，對他只有嚴格和冷漠，更養成了武藏殘酷的個性。

如果，他沒有一個叫做阿吟的姊姊，不知會引起多少紛爭，可能早就被趕出村子了！但是，這個姊姊流著眼淚對他說話時，他都乖乖的聽從。

這一次找又八從軍，也是想藉此有一點轉機，想要改邪歸善。這個意願像一棵嫩芽，在武藏內心深處慢慢滋長。然而，現在的他面對完全黑暗的現實，又再一次失去了方向。

但是，如果不是粗獷的亂世，也不會養成這個年輕人爽快的個性。現在，他的睡容安詳，一點也不為芝麻小事或未來擔憂。

也許正夢到故鄉，他呼吸均勻，手上還抱著那把木劍。

「……武藏！」

在短短的、昏暗的燭光下，不知何時，阿甲摸黑來到他的枕邊，坐在那兒。

「喲！……瞧這睡容！」

她的手指輕輕地碰觸武藏的雙唇。

6

呼——

阿甲把短燭吹熄，像貓一樣縮著身體，輕輕地靠到武藏身邊。

她身上不合年齡的華麗睡衣，和粉白的臉，都成了一個黑影。窗外一片寂靜，只有夜露滴落的聲音。

「他可能還沒有經驗吧？」

她想把他的木劍拿開，幾乎在同時，武藏跳起來喊道：

「小偷！」

她的肩膀和胸部被壓在翻倒的短檠上，雙手被反扭，因為疼痛不堪，不禁大叫：

「好痛！」

「啊？是伯母？」

武藏放開手。

「哎呀！我以為是小偷呢！」

「你好狠呀！啊！好痛！」

「我不知道是妳，對不起！」

「不必道歉了……武藏！」

「呃？妳……妳要做什麼？」

「噓……不要那麼大聲。你應該知道我的心意……」

「我知道，我不會忘記妳照顧我們的大恩大德的。」

「我不是指恩惠、義理這種生硬的事。人的感情不是更濃、更深、更纖細嗎？」

「等一等，伯母，我來點燈。」

「討厭！」

「咦？……伯母……」

武藏突然感到骨頭、牙根、全身上下喀喀的顫抖個不停。這比以前碰到的任何敵人都還可怕。連在關原仰躺在地上，無數的兵馬越過頭上時，也沒有像現在這樣，受到這麼大的悸動。

他整個人蜷縮到牆角，說道：

「伯母，妳給我到那邊去！回到自己的房間。否則，我要叫又八了！」

「武藏！你不會不知道我的心意吧？」

「……」

「你眞不給我面子！」

「面子？」

「是啊！」

兩人血脈賁張，因而沒有注意到，從剛才就有人一直在敲大門，現在，聲音越來越大了。

「喂！快開門呀！」

從格子門的縫隙中，可看到晃動的燭光。大概是朱實醒來了，也聽到又八的聲音問道：

「是誰啊？」

接著——

「娘！」

朱實在走廊叫她。

阿甲不知道發生了什麼事，趕緊回自己房間，從那兒應了一聲。外面的人把門撬開，闖了進來。

六、七名彪形大漢，並肩站在那裏。

其中有一人怒道：

「我是辻風，還不快點燈！」

掉落的梳子

1

這一批人光著腳，咚咚地走上來，分明想趁他們正熟睡，來個出其不意，搜遍儲藏室、抽屜、地板下面，到處翻箱倒櫃。

辻風典馬坐在火爐旁，冷眼觀看手下們搜查的情形。

「你們要搞到什麼時候，找到東西了嗎？」

「什麼也沒有。」

「沒有？」

「是的。」

「嗯，不可能會有的，當然是沒有，別找了！」

阿甲背對著門坐在隔壁房間，一副豁出去的樣子。

「阿甲！」

「幹嘛？」

「給我溫個酒吧！」

「酒不是在那兒嗎？你愛怎麼喝就怎麼喝吧！」

「別這麼說嘛！我典馬好久沒來妳家啦！」

「到人家家裏，是這樣打招呼的嗎？」

「別生氣！妳自己心裏也有數，無火不生煙嘛！俺的確聽到有人說，艾草店的寡婦叫女兒到戰場去撿屍體上的東西。」

「你拿出證據來呀！證據在哪裏？」

「如果俺眞要拆穿的話，就不會先通知朱實了。野武士也有野武士的規矩，反正俺會再來搜查，這次就到這裏爲止，先饒了妳。夠慈悲了吧？」

「誰慈悲呀？豈有此理！」

「過來，給我斟酒，阿甲！」

「……」

「妳這女人愛慕虛榮，如果願意服侍俺，也不必過這種生活，怎麼樣？妳再考慮看看！」

「你太親切了，令人全身起雞皮疙瘩。」

「不喜歡嗎？」

「我丈夫是誰殺的，你可知道？」

「如果妳想報仇的話，俺雖然力量不夠，但也可以助妳一臂之力呀！」

「別裝蒜了！」

「妳說什麼？」

「大家都說，下手的人是辻風典馬，難道你沒聽過嗎？野武士的寡婦，再怎麼樣也不會落魄到去服侍自己丈夫的仇敵！」

「說得好！阿甲！」

冷酒和著苦笑，典馬仰頭喝了一口。

「俺認爲，爲了妳們母女的安全，這種事最好別說出來。」

「等我把朱實養大了，一定會報仇的。你最好記住。」

「哼、哼！」

典馬聳肩笑了笑，把酒一口飲盡。然後把槍交給門口的手下。

「喂！用槍屁股戳戳這天花板看看！」

那個男人舉著槍到處戳著天花板。這麼一來，一大堆藏在上面的武器和物品，就從木板縫隙掉了下來。

「妳看吧！」

典馬倏然立起說道：

「她是野武士的敵人，把這寡婦拖出去用刑！」

對付一個女人太簡單了。野武士們正準備進入房間，可是所有人都像中了邪一般，僵在門口，似乎不敢對阿甲下手。

2

「你們在幹嘛？快點拖出來！」

辻風典馬等得不耐煩了。然而這些手下們，只管睜大眼睛，瞪著房間，久久無法行動。

典馬按捺不住，想親自看個究竟。但是當他要靠近阿甲的時候，竟然連他也無法越雷池一步。

從火爐房是看不到的，原來在阿甲的房間，除了阿甲之外，還有兩個勇猛的年輕人。武藏低手拿著黑樫木劍，只要有人敢踏進一步，就準備打斷他的腳；又八站在牆邊，高舉著大刀，只要有人把頭伸進來三寸，就準備狠狠地砍下。

爲了避免朱實受傷，他們可能把她藏到上面的壁櫥裏，所以沒看到人。典馬在火爐旁喝酒的時候，他們就做好了應戰準備。阿甲剛才可能也是因爲有了靠山，才會那麼鎮定。

「原來如此！」

辻風典馬恍然大悟。

「上次，有個年輕人和朱實一起走在山上，就是那一個吧！另外一個是誰？」

「……」

又八和武藏誰也不回答，準備靠武力解決，氣氛十分緊張。

「這個家應該沒有男人才對。我看，你們是關原打敗仗的散兵游卒吧！如果再繼續撒野，連命都保不住嘍！」

「……」

「這附近應該沒人不知道不破村的辻風典馬的。你們已經很落魄了，還要撒野。給我小心一點。」

「……」

「喂！」

典馬回頭對手下揮手，示意他們退下，以免礙手礙腳。他們在退下的當兒，走在旁邊的一個手下，突然踢到火爐，大叫一聲。柴火的粉灰和煙直衝天花板，形成一片煙霧。

典馬瞪著房門，大吼一聲「混蛋」，便殺到裏面去了。

「嘿！」

等在那裏的又八，同時把刀揮下來。雖然動作快速，卻比不上典馬。又八的刀，鏘——的一聲，打在他的刀尖。

阿甲見勢退到角落，武藏橫拿著黑樫木劍，補到她剛才站的位置。然後曲身像飛一般對著典馬的腳跟砍去。

空中咻——的響了一聲。

接著，對方像岩石般的胸膛直撲武藏而來。簡直就像泰山壓頂，武藏從沒受過這麼大的壓力。他的喉嚨被典馬打了兩、三拳，聲音之大，幾乎讓他以爲頭蓋骨都要震碎了。但是，武藏卯足了全身的力氣，用力一推，隨著房子震動的聲音，只見辻風典馬縮著雙腳的巨大身體，向牆壁撞了過去。

3

只要卯上，絕不饒人——就算用咬的，也要對方屈服——而且不留活口，一定徹底斬草除根。

武藏從幼年開始，個性就是如此。他的血液中與生俱來就流著濃厚的古代日本原始精神。不是單純，而是充滿了野性。沒受文化的洗禮，也無學問和知識，像一塊未經琢磨的璞玉。連他的生父無二齋，也因此不喜歡這個兒子。爲了矯正這種個性，無二齋經常用武士的法規處罰他，結果反而弄巧成拙。村裏的人都叫他小暴君。大家越討厭他，這個野性十足的孩子，就越得寸進尺，目中無人。最後把鄉土山野都據爲地盤，還不能滿足他的野心，終於抱著他偉大的夢想來到關原。

關原對武藏來說，是體驗現實社會的第一步。然而，這個青年的偉大夢想，卻完全破滅了——但他本來就習慣一無所有，因此，不會爲了青春第一步的小挫折，就認爲前途黯淡無光，而有任何傷感。再說，今晚竟然會碰到一條大魚，也就是野武士的頭目辻風典馬。在關原的時候，他是多麼希望碰到這樣的敵人啊！

「膽小鬼，膽小鬼！別逃！」

他就像飛毛腿般在黑暗的原野中，邊叫邊追。

典馬在他前面十步左右，死命的跑。

武藏怒髮衝冠，涼風吹過兩頰，帶給他無限的快感。武藏越跑熱血越奔騰，就越接近獸性，使他感到無比的暢快。

——啊！

他的身影跳到典馬的背，撲在他身上。黑樫木劍一揮，慘叫聲和噴血齊出。

辻風典馬巨大的身體應聲倒地。頭骨像豆腐一樣，爛成一堆；兩個眼球暴出。武藏用木劍又補了兩、三下，本來已片片碎裂的骨頭，從肉裏濺出，飛散四處。

武藏彎著手腕，擦掉額頭上的汗。

「怎麼樣!?大頭目……」

他豪爽的看了一眼之後，便掉頭離去，就像不曾發生過一樣。

「武藏？」

遠處又八大聲叫道。

「哦！」

武藏慢條斯理的回答，正左顧右盼，又八跑了過來，問道：

「怎麼樣？」

武藏同時也回答地問道：

「俺把他給宰了！……你呢？」

「俺也是——」

他拿了一把連兩穗都沾了血的大刀給武藏看。

「其他的傢伙都逃跑了。什麼野武士嘛！這麼差勁！」

又八得意洋洋。

兩人熱血沸騰，雀躍不已。他們的笑聲猶如嬰兒。扛著沾血的劍和刀，精神飽滿，邊走邊聊，朝遠處亮著燈的草屋走去。

4

一匹野馬從屋子的窗口探進頭來，環視屋內。粗濁的呼吸聲，把在屋裏睡覺的兩個人給吵醒了。

「這傢伙！」

武藏用手撫摸著馬臉。又八雙手高舉，伸了個長長的懶腰。

「啊！睡得眞好！」

「太陽還高掛著呀！」

「不是已經黃昏了嗎？」

「還沒吧！」

睡了一晚，昨天的事早已忘得一乾二淨。對兩人來說，只有今天和明天。武藏飛快跑到後面脫光衣服，用冰涼的清水擦洗身體、洗過臉後，仰頭深深吸著陽光和空氣。

又八就是又八，睡眼惺忪的走到火爐房，跟阿甲和朱實打招呼：

「早安！」

又八心情很愉快。

「伯母，妳好像心情不太好？」

「是嗎？」

「怎麼了？打死妳丈夫的辻風典馬已經被宰了，他的手下也受了懲罰，還有什麼不高興的呢？」

又八覺得奇怪是很正常的。宰了典馬，他多麼期待能討這對母女的歡心啊！昨晚，朱實也拍手叫好，現在阿甲卻滿臉不安。

看到她們帶著一臉不安，從昨天到今天一直坐在火爐旁，又八雖替他們忿恨不平，卻也不知原因……。

「爲什麼？到底是爲什麼嘛？伯母！」

接過朱實倒來的茶，又八盤腿坐下。阿甲輕輕一笑，好似羨慕這個年輕人涉世未深，還不懂人情世故。

「你還問爲什麼！阿又，辻風典馬還有幾百個手下呀！」

「哦！俺知道了。妳是怕他們來報復是不是？那些人算什麼，有俺和武藏在——」

「不行！」

她輕輕的揮揮手。

「沒這回事！那些小嘍嘍來幾個也不怕！還是，伯母認爲咱們不夠看？」

「你們啊！在我眼中都還是個小孩呢！典馬有個叫辻風黃平的弟弟。那個黃平一來，你們聯手也打不過他。」

又八聽了覺得很喪氣。但是仔細想想寡婦的話，也不是全無道理。辻風黃平，不只在木曾的野洲川擁有強大的勢力，他還是兵法專家，也是忍術高手，一旦被這個男人盯上了，沒人可活命的。如果他從正面攻來，也許還可以防守，但是他是個夜襲高手，恐怕無法招架。

「俺喜歡睡懶覺，這傢伙會很難對付！」

又八托著下巴苦思對策。阿甲認爲這樣下去也不是辦法，只好打點打點，準備到其他地方或許還比較妥當。順便又問，你們兩個有何打算？

「俺跟武藏商量看看——咦？他到哪裏去了？」

又八走到外頭，用手遮著陽光，放眼望去，遠遠的望見武藏渺小的身影騎著剛才在屋外徘徊的野馬，躑躅在伊吹山腳下。

「他可眞悠哉呀！」

又八嘀咕著，雙手環著嘴巴，大喊：

「喂！快回來呀！」

5

兩人躺在枯草地上商量事情，再沒有人比他們更要好的朋友了。

「那麼，咱們還是決定回家鄉吧！」

「回去吧！也不能一直跟這對母女住下去啊！」

「嗯！」

「俺討厭女人。」

武藏說。

「是嗎？那就這麼辦！」

又八翻身仰躺，對著天空大叫：

「決定回去了，俺突然想見阿通了！」

說著，雙腳咚咚地跺著地，指著天空說道：

「你看！那兒有一朵雲，像阿通在洗頭時的模樣。」

武藏卻望著剛才騎過的野馬屁股。心想，就像人類一樣，住在野地的人通常個性都較好，馬也是野馬性情較瀟灑，做完工作，也不求任何報酬，自個兒愛到哪裏就到哪裏。

朱實在對面喊道：

「吃飯嘍！」

「吃飯了！」

兩人起身。

「又八，我們來賽跑！」

「混帳！我會輸你嗎？」

朱實站在草坡上，拍著手迎接向她跑來的兩個人。

然而，過了中午，朱實心情突然變得很沈重，因爲聽說兩人決定要回故鄉了。這個少女，一直認爲兩人可以和她們過著快樂的生活呢！

「妳這個小笨蛋！哭喪著臉幹什麼？」

寡婦阿甲一邊化妝，一邊叱罵女兒。同時，從鏡子中偷窺坐在火爐旁的武藏。

武藏突然想起前天晚上，阿甲摸到枕頭邊對他輕聲細語，還有她那酸酸甜甜的髮香，一想到這便趕緊把臉別開。

又八在旁邊，從架子上取下酒壺，倒入酒瓶，就像在自己家裏一樣。今夜就要別離了，非喝個痛快不可。而寡婦臉上的白粉，擦得比平常還仔細。

「俺要全部喝光喔！捨妳們而去，眞沒意思哪！」

已經喝三壺了！

阿甲緊靠著又八，故意做出令人作嘔的姿態，讓武藏看不下去。

「我……走不動了！」

阿甲向又八撒嬌，靠著他的肩，要他送她回寢室。接著衝著武藏說道：

「阿武今晚就睡在那兒吧！你不是喜歡一個人嗎？」

武藏眞的躺在那兒睡了。因爲他喝得醉醺醺的，而且又晚睡，翌日醒來，太陽已經高掛天空了。

他起來一看，發現家裏空無一人。

「咦？」

昨天朱實和寡婦打包好的行李不見了，衣服和鞋子也不在了。最重要的是，不只她們母女，連又八也不見蹤影。

後面小屋也沒人。武藏只發現一支寡婦以前插在頭髮上的紅色梳子掉落在尙在流水的水喉旁。

「啊？……又八這傢伙……」

他拿起梳子聞了聞，那香味使他想起前晚可怕的誘惑。又八被這個給擊倒了，武藏內心突然湧起一股莫名的寂寞。

「你這傻瓜！怎麼對得起阿通姑娘？」

他把梳子丟回去。雖然生氣，但是想到在故鄉等待的阿通姑娘，不覺想痛哭一場——

昨天的野馬，看到武藏茫然的跌坐在廚房裏，從窗外悄悄的探進頭來。武藏沒像往常一樣撫摸牠的頭，野馬只好在水邊舔著撒在那兒的飯粒。

花御堂

1

層巒疊嶂這句話，正適合形容這個故鄉。

從播州龍野口開始，就進入山區。作州街道蜿蜒羣山之間，木製界標聳立在山脈的背脊上。穿過杉林坡道，再越過中山嶺，可以俯瞰腳下的英田川峽谷。來到這裏，不禁會問道：這種地方，竟然會有人住！

旅人經常會在這裏駐足片刻。

不但有人住，而且爲數不少。河川沿岸、半山腰、碎石田都有部落散布。直到去年關原之戰爆發之前，新免伊賀守一族一直住在這條河川上游、距此只有一公里左右的小城裏。再往山裏走，是因州邊境志戶坡的銀山，至今仍有很多人來挖礦。

從鳥取到姬路的人、從但馬翻山越嶺到備前的人，這個山野村落因匯集了各地的英雄好漢，所以雖處深山，不但有旅店，還有和服店，到了晚上，偶爾還可以看到臉擦得像白蝙蝠的煙花女出現在屋簷下。

這裏就是宮本村。

阿通從七寶寺的走廊，可以望見這些用石頭砌成的屋頂。

「哎、已經過了一年了！」

她茫然地望著白雲沈思。

她是個孤兒，再加上在寺廟長大，這個清純少女就像香灰一樣，既冰冷又寂寞。

去年她十六歲，比跟她訂婚的又八小一歲。

又八去年夏天跟村裏的武藏出去打仗，直到年底，仍無音訊。

正月過了，二月過了，望穿秋水空等待。最近終於漸漸死了這條心，因爲此時已進入春季的四月了！

「聽說武藏家裏也沒收到音訊……兩人大概都已經戰死了吧？」

偶爾她會嘆著氣向他人訴苦，大家都認爲這是理所當然的。他們說，連領主新免伊賀守的家族都沒有人活著回來。戰後到這小鎭來的，都是一些不認識的人，大概是德川的武士。

「男人爲何要去打仗呢？我再怎麼阻止都沒用——」

阿通只要一坐在屋簷下，就可以呆坐上老半天，寂寞的臉，說明她喜歡獨自沈思。

今天，她又坐在那兒了。

「阿通姑娘！阿通姑娘！」

有人在叫她。

廚房外面有一全裸男子，從井邊走來，好似一個塗了炭的羅漢。他是在寺裏掛單了三、四年的但馬國行腳僧，是個三十歲左右的年輕和尚，現在正在曬毛茸茸的胸膛。

「春天到嘍！」

他愉快的說道。

「春天是不錯，但是那可惡的虱子，就像藤原道長一樣，把我的臉據為己有、到處亂咬，太囂張了！所以我下定決心把衣服脫下來洗了……但是，這件破法衣，那棵茶樹不好晾，這棵桃樹又正在開花，我這個對風雅之事似懂非懂的男子，竟為了曬衣場而傷腦筋。阿通姑娘！妳有沒有曬衣竿？」

阿通紅著臉說道：

「澤庵師父，您在衣服晾乾之前，光著身子，打算做什麼呢？」

「睡覺呀！」

「眞瘋狂！」

「對了！明日四月八日是浴佛節，要用甜茶洗身，就像這個樣子——」

說著，澤庵認眞地兩腳盤坐，一手指天，一手指地，學起釋迦的模樣。

2

「天上天下，唯我獨尊！」

澤庵正經八百地模仿誕生佛的樣子。阿通笑道：

「哈哈哈！學得眞像啊！澤庵師父！」

「很像吧！我本來就像。因爲我正是希達多太子轉世投胎的。」

「等等！現在，我要用甜茶澆在您頭上。」

「不行！這個我心領了。」

有隻蜜蜂要叮他的頭，這個釋迦佛祖急忙揮舞雙手趕蜜蜂。蜜蜂看見他的丁字褲鬆開了，連忙飛走了。

阿通趴在欄杆上笑個不停。

「啊！啊！肚子好痛！」

這個在但馬出生、名叫宗彭澤庵的年輕和尙，住在這裏的期間，有一大堆的笑料，連抑鬱寡歡的阿通，每天都被他逗得笑個不停。

「對了！我不能再待在這兒了。」

她把白皙的腳伸進草鞋。

「阿通姑娘！妳要上哪兒？」

「明天是四月八日呀！大師交代的事，我全給忘光了。我要像往年一樣摘鮮花到花御堂來爲浴佛會做準備。而且，晚上還得先煮好甜茶。」

「妳要去摘花呀？哪裏有花？」

「後村的河邊。」

「我也一起去！」

「不必！」

「要插在花御堂的花，妳一個人摘不來，我也幫忙吧！」

「你光著身子，羞死人了！」

「人本來就是光著身子的嘛！沒關係！」

「不要！別跟著來喔！」

阿通逃難似的跑向寺廟後面。過了不久，她背著簍子，手拿鐮刀，正準備從後門溜出去，澤庵不知從哪兒找來一條大包巾裹著身體，跟了過來。

「唉……」

「這樣就可以了吧？」

「村子的人會笑。」

「笑什麼？」

「離我遠一點！」

「說謊！明明喜歡和男人一起走，還說呢！」

「不理你了！」

阿通先跑走了。澤庵像從雪山下來的釋迦，大包巾的袖口隨風飄揚，跟在阿通背後。

「哈哈哈！生氣了？別生氣喔！鼓著腮幫子，妳的情人會討厭妳喔！」

英田川下游，離村子約四、五百公尺的河邊，已經開滿春天的花草，令人眼花撩亂。阿通把簍子放下，蝴蝶繞著她飛舞，她拿著鐮刀，開始割花。

「好祥和喔！」

澤庵年輕但多愁善感——他站在一旁像宗教家一樣，感嘆吟詠。阿通拚命地割花，他卻一點也不幫忙。

「……阿通姑娘，妳現在的模樣就是祥和。世人本來可以在萬花的淨土上享受人生，但卻非要陷入哭泣、煩惱、愛欲和地獄的漩渦裏，讓八寒十熱的火焰燒灼身體才會甘心……阿通姑娘！我不希望妳變成那樣。」

3

菜花、春菊、鬼芥子、野玫瑰、三色菫——阿通將採下的花丟入簍子裏。

「澤庵師父！別老是對別人說教，最好多留意蜜蜂，別再讓牠叮到頭了。」

她嘲笑他。

澤庵充耳不聞。

「笨蛋！現在不是在談蜜蜂。我正在爲一個女人的命運，傳達釋迦大尊的意旨呢！」

「有勞您照顧了！」

「沒錯！妳眞是一語道破！和尚這個職業呀！是個吃力不討好的行業。但是，就跟米店、和服店、木工、武士一樣，和尚在這世上不是沒用的行業，所以它的存在也不足爲奇。說起來，和尚和女人，從三千年前就是寃家。妳看佛法裏面說女人是夜叉、魔王、地獄差使。阿通姑娘和我感情不好，也是有深厚的因緣啊！」

「爲何女人是夜叉？」

「因爲欺騙男人。」

「男人不也欺騙女人嗎？」

「等等喔！妳這句話，有點傷腦筋喔……哦，我知道了！」

「那您說說看！」

「因爲釋迦大師是個男人……」

「聽您瞎掰！」

「但是，女人呀……」

「又來了！」

「女人呀！太乖僻了。釋迦牟尼年輕的時候，曾在菩提樹下被欲染、能悅、可愛等魔女們纏身受苦，因此對女性印象不佳。可是到了晚年也曾有女性弟子。而龍樹菩薩比釋迦還討厭女人……應該說是怕女人，但是他也說過四賢良妻的條件是當個隨順姊妹、愛樂友、安慰母、隨意婢女。歌頌女性的美德，叫男人要選這樣的女人。」

「這些也全都是對男人有利的話嘛！」

「那是因爲古代的天竺國比日本還要男尊女卑——還有，龍樹菩薩對女人講了這樣的話。」

「什麼話？」

「女人呀！妳的身體不要嫁給男人。」

「這話很奇怪！」

「沒聽到最後不可妄加批評！這句話後面是這樣的——女人，妳的身體要嫁給眞理。」

「……」

「懂嗎？嫁給眞理——說得明白一點，就是別喜歡男人，要喜歡眞理！」

「什麼是眞理？」

「被妳這一問，我自己好像也還沒搞清楚呢！」

「嘻嘻嘻！」

「反正，說得更通俗一點，就是嫁給眞實。所以，不要懷了城裏輕薄浪子的孩子，應該在自己的鄉土上，孕育良好的子女。」

「您又來了……」

她做勢要打人。

「澤庵師父！您是來幫忙摘花的吧！」

「好像是吧！」

「那就別喋喋不休。幫忙動動刀吧。」

「小意思！」

「您摘花，我去阿吟姊家，她也許正在縫明天我要繫的腰帶，我去跟她拿。」

「阿吟姊？哦，有一次我在寺廟見過她，我也要去！」

「您這個樣子，好嗎？」

「我口渴了，到她家要杯茶喝。」

4

阿吟已經二十五歲了，人長得並不醜，家世也不錯，並非沒有人來提親。

可是，就因爲她弟弟武藏在鄰近幾村以性情粗暴聞名。本位田村的又八和宮本村的武藏，從少年時代就被公認是惡少的代表，所以，有一些人會顧慮——有這種弟弟——而不敢來提親。但是，還是有不少人很喜歡阿吟的謙恭有禮，以及良好的教養。然而，每次有人來提親，她總是以「弟弟武藏成人之前，我必須身兼母職」爲理由而拒絕。

阿吟的父親無二齋在新免家擔任兵學指導的時候，曾受賜「新免」之姓，極其風光。那時，他們在英田川河邊，蓋了有土牆的石屋，以一個鄉士來說，是太過豪華了。現在雖然仍寬廣，但已老舊，屋頂上雜草叢生，以前當作武館的高窗和房簷之間，現在堆滿了燕子的白糞。

無二齋在失去工作的貧窮生活中過世，因此阿吟辭退了所有傭人，但是這些人都是宮本村的人，那時的阿婆或打雜的，都會默默的輪流拿菜放到廚房來，有時也會來打掃沒使用的房間，或是挑水，幫忙照顧無二齋衰敗的家。

現在——

阿吟在後面的房間縫衣裳，聽到有人從後門進來，心想八成又是誰來幫忙了，所以縫針的雙手沒停下來。

「阿吟姊！您好！」

阿通來到她背後，輕巧無聲地坐下。

「我以爲是誰呢？原來是阿通姑娘。我正在縫妳的腰帶，明天浴佛會的時候要繫吧？」

「是的。妳這麼忙，眞不好意思！本來我可以自己縫的，但是寺裏事情卻一大堆……」

「哪裏！反正我也閒得發慌……如果不做點事，又要胡思亂想了。」

阿通瞧見阿吟背後的燈盤上，點著一隻小蠟燭。那兒的佛壇上，有個似乎是阿吟寫的東西。

享年十七歲　新免武藏之靈

同年　本位田又八之靈

兩個紙牌位前，供著少許的水和花。

「咦……」

阿通眨著眼，問道：

「阿吟姊，有通報說兩個人都戰死了嗎？」

「沒有。但是……這不等於死了嗎？我不再抱希望了。關原之戰是九月十五日，我把這天當作他們的忌日。」

阿通用力搖頭。

「他們兩人不可能會死，再過不久，一定會回來的。」

「妳夢見過又八嗎？」

「是，經常夢到。」

「那一定是死了，因爲我也常夢見弟弟。」

「好討厭哦！談這種事情。這不吉利，我要把它撕掉。」

阿通眼睛充滿淚水，起身熄掉佛壇的燈火。這還不足以消除忌諱，她還拿走供奉的花和水，把水唰——的倒在隔壁的屋簷下，正好潑在坐在那兒的澤庵身上，他跳起來大叫：

「哎喲！好冷呀！」

5

澤庵拿裹身的大包巾擦掉臉上、頭上的水滴。

「喂！阿通！妳這女人在幹嘛？我說要向這家討水喝，可沒說要人給我潑水喔！」

阿通忍不住破涕為笑。

「對不起，澤庵師父！眞的很抱歉！」

阿通又是道歉，又是陪笑臉，還給他倒了他最需要的茶，才回到房間來。

「是誰呀？那個人。」

阿吟張大眼睛望向屋簷下問道。

「是在寺裏掛單的年輕行腳僧。對了！有一次妳到寺裏來的時候，不是看到一個髒兮兮的和尙，撐著臉頰趴在本堂曬太陽，我問他在做什麼，他說要捉虱子讓牠們玩相撲嗎？」

「啊……是那個人呀？」

「對！是宗彭澤庵師父。」

「他有點奇怪。」

「聽說才三十一歲——但是寺裏的和尚都說，他年輕有爲，很了不起呢！」

「他穿的不是法衣，也不是袈裟，到底是什麼？」

「大包巾。」

「哎……他還很年輕吧？」

「聽說才三十一歲——但是寺裏的和尚都說，他年輕有爲，很了不起呢！」

「話不能這樣講。光憑外表，看不出哪裏了不起呀！」

「聽說他在但馬的出石村出生，十歲當小沙彌，十四歲進入臨濟的勝福寺，受戒於希先和尙。爲了跟隨從山城大德寺來的大學者學習，到京都和奈良遊學，師事妙心寺的愚堂和尙，還有泉南的一凍禪師，非常用功。」

「原來如此。看得出來他的確與衆不同。」

「還有，和泉南宗寺的住持曾褒獎他，還接過勅令，當了大德寺的住持。不過，聽說在大德寺只待了三天便跑掉了！之後，豐臣秀賴大人、淺野幸長大人、細川中興大人等都很看重他。朝廷官員方面，烏丸光廣大人等人，也非常器重他，曾對他說，要建一間寺廟給他，請他主持；也有人要高薪請他留下來。但是，他都一一推辭了，老跟虱子作伴，像個乞丐周遊列國。妳說他腦筋是不是有問題？」

「不過，他可能會覺得我們腦筋才有問題呢！」

「他眞的這麼說過耶！有一次我想起又八，一個人哭的時候……」

「雖然如此，他蠻風趣的呀！」

「有點太過風趣了！」
「他要待到什麼時候？」
「誰知道？他總是悄悄的來，又悄悄的消失。四海就是他的家。」
走廊那邊，澤庵站了起來，說道：
「聽到嘍！聽到嘍！」
「我可沒說您的壞話喔！」
「說也沒關係！不過，有沒有什麼甜點呀？」
「可是會招來那個哦！澤庵師父那天來的時候啊……」
「什麼嘛……阿通！妳這個女孩子一副連蟲都不敢殺的樣子，其實骨子裏是很壞的喔！」
「爲什麼？」
「哪有人光給人喝空茶，自己卻在那兒哭哭啼啼談自己身世的？」

6

大聖寺的鐘在響。
七寶寺的鐘也在響。
平常清晨一大早敲鐘，有時過了中午也會敲。現在，繫著紅腰帶的村姑、商家的老闆娘、牽著孫子的老太婆，不斷朝山上的寺廟湧來。

年輕人望著擠滿參拜人潮的七寶寺本堂，一看到阿通，都會小聲的說：

「在那裏！她在那裏！」

「今天打扮得特別漂亮喔！」

今天是四月八日浴佛節，本堂中蓋了一個花御堂，是用菩提樹葉蓋屋頂，野花野草纏著柱子。御堂中間供著甜茶，兩尺高的黑色釋尊立像，指著天地。宗彭澤庵拿著小竹柄勺子，用甜茶從頭澆在釋尊像上，或是順應參拜人的需求，把甜茶倒在他們的竹筒裏。

「這個寺廟很窮，請大家盡量捐香油錢，有錢人更要如此。一勺的甜茶，換一百貫銀子，保證幫您消除一百個煩惱。」

面對花御堂左側，阿通坐在寫字桌前。她繫著新做的腰帶，前面擺著泥金繪圖的硯台盒子，把袚除災病的詩歌寫在五色紙上，分給來參拜的人。

佛祖保佑

卯月八日吉日

家中的臭蟲

全部死光光

這地方的人深信，把這符咒貼在家中，可以驅除病蟲。

同樣的詩歌，阿通已經寫了幾百張，手都瘦死了！這淺白易懂的文章，已經令人厭煩不已。

「澤庵師父！」

她偷空叫他。

「啥事？」

「您別勉強人捐錢嘛！」

「我是跟有錢人說的。我幫他們減輕金錢的重量，是爲善之大善呀！」

「您這麼講，萬一今夜有小偷到村裏有錢人家裏偷東西，那怎麼辦？」

「……哎呀哎呀！我以爲稍微鬆一點了，沒想到參拜的人越來越多了！別推！別推！喂！那個年輕的——要排隊呀！」

「喂！和尙！」

「叫我嗎？」

「你說要排隊，可是你都先舀給女人！」

「我也喜歡女人呀！」

「你這和尙眞不正經！」

「你也別假淸高！我知道你們不是眞的要來拿甜茶或驅蟲符的。這裏的人一半是來參拜釋迦大佛，一半是來看阿通姑娘的。你們也是其中之一吧——喂！喂！你爲什麼不捐香油錢呢？這麼小氣，交不到女朋友喔！」

阿通滿臉通紅，說道：

「澤庵師父！您稍微收斂一點好嗎？再說我就要生氣嘍！」

她說畢便呆坐在那兒，好讓眼睛休息一下。突然，她在參拜人羣中，看到一個年輕人。

「啊……」

她大叫了一聲，筆從指間滑落到地上。

在她站起來的同時，那個人像魚一樣快速潛入人羣。阿通忘我地大喊：

「武藏！武藏……」

便往走廊方向追了過去。

鄉野人士

1

本位田家不是一般百姓，他們具有半農半武士的身分，也就是所謂的鄉士。

又八的母親脾氣硬。雖然年近六十，卻比年輕人或佃農還勤奮，每天到田裏工作。又耕田，又打麥子，做到天黑要回家的時候，也絕不空手回去，總是背著春蠶要吃的桑葉，沈重的桑葉壓得她腰也彎了，背也駝了！晚上在家養蠶當副業，這便是阿杉婆。

「奶奶——」

流著鼻涕的外孫，光著腳丫，從田的另一端跑了過來。

「喔！是丙太呀？你到廟裏去了嗎？」

她從桑田裏直起身子。

丙太飛跑過來。

「去了！」

「阿通姑娘在嗎？」

「在。今天啊！奶奶，阿通姊姊繫了一條漂亮的腰帶參加獻花呢！」

「拿到甜茶和驅蟲符了嗎？」

「沒有。」

「爲什麼？」

「阿通姊姊說別拿這些東西了，快點回去通知奶奶！」

「通知什麼？」

「河對面的武藏呀！今天也去了御花堂，阿通姊姊說她看到的。」

「眞的？」

「眞的！」

「……」

阿杉兩眼含著淚水，四處張望，好像兒子又八就在附近似的。

「丙太，你替奶奶在這兒摘桑葉。」

「奶奶您要去哪兒？」

「我要回家看看。新免家的武藏既然回來了，又八一定也回來了！」

「我也要去！」

「小儍子，你別去！」

她家四周圍著巨大的樫樹，是個豪族宅第。阿杉跑到倉庫前，對著正在工作的已經嫁人的女兒，還有工人們，大聲問道：

「又八回來了沒啊？」

大家愣在那兒，搖頭回答：

「沒有啊！」

但是，這個老母親太過興奮，看到大家懷疑的樣子，不覺像瘋子一樣的到處怒罵。說兒子已經回到村子裏來了！新免家的武藏既然出現在村子，又八一定也一起回來了！她還要大家快點幫忙去找。

她把關原會戰那天，當作是寶貝兒子的忌日，正傷心得不得了。尤其是阿杉十分疼愛又八，恨不得將他捧在手裏、含在嘴裏。又八的姊姊已經嫁爲人婦了，這個兒子可說是傳家的香火。

「到底找到了沒呀？」

阿杉進進出出問個不停。最後天黑了，她在祖先牌位前點了燈，跪坐著祈求祖先保佑。

家裏的人沒吃晚飯就被趕出去找。到了晚上，仍不見這些人回報好消息。阿杉走到黑暗的門口，站在那兒。

薄淡的月亮掛在房屋四周的樫樹樹梢。屋前屋後的山峰，白霧繚繞，空氣中飄著梨花香。

阿杉看見有人從梨樹田畦中走過來，知道是兒子的未婚妻，便舉起手來。

「……是阿通嗎？」

「伯母！」

阿通踩著溼答答的草鞋，走了過來。

2

「阿通，聽說妳看到武藏，是眞的嗎？」

「是的。我的確在七寶寺的御花堂上看到武藏。」

「沒看見又八嗎？」

「我急忙叫住他，要問這件事，可是不知爲什麼，他逃跑了。本來武藏這個人就很奇怪，但是，爲什麼我叫他的時候，他要逃跑呢？」

「逃跑？……」

阿杉斜著頭苦思不解。

誘拐又八去作戰的，是新免家的武藏，這老母經常懷恨在心，這會兒又不知道在猜疑什麼了！

「那個惡藏……搞不好他讓又八一個人死了，自己膽小，厚著臉皮回來。」

「不會吧！即使是這樣，也會帶遺物回來呀！」

「很難講。」

老母用力搖著頭。

「那傢伙，沒什麼感情的。又八交到了壞朋友。」

「伯母！」

「什麼？」

「我認為應該到阿吟姊家去看看。今夜武藏哥哥一定會回家的。」

「他們是姊弟，一定會見面嘍！」

「就我和伯母兩人去看看吧！」

「那個姊姊也真是的，明明知道自己的弟弟帶我家的兒子去打仗，卻從沒來探望過我。現在，又不來通知我們武藏回來了。不能什麼事都由我先出面呀！新免家應該先過來的！」

「但是，現在情況特殊。我希望盡快見到武藏哥哥，好問個淸楚。到了那兒，由我來打招呼，伯母您也一起來嘛！」

阿杉雖不情願，也不得不答應。

雖然如此，其實她比阿通還想知道兒子的下落。

新免家在河的對岸，離此不到一公里半。隔著這條河，本位田家是鄉士世家，新免家也有赤松血統。還沒發生這事之前，就已經暗中較勁了！

阿吟家大門關著，樹太茂盛，幾乎看不到燈火。阿通正準備繞到後門，阿杉卻站著不動。

「本位田家的老母，來拜訪新免家，哪有從後面進去的道理？」

沒辦法，阿通只好自己繞到後面。過了一會兒，大門口點了燈，阿吟出來迎接。

現在，阿杉跟在田裏工作時的樣子，判若兩人。

「半夜無法把我們趕走，所以妳才會出來開門吧！眞是勞妳的駕啦！」

她趾高氣揚，說話不饒人。說完，逕自走進新免家屋裏。

3

阿杉像個灶神爺似的，二話不說，自個兒大剌剌地往上座一坐。阿吟向她打招呼，她敷衍了一下，馬上問道：

「聽說妳家的惡藏回來了，叫他出來！」

阿吟一頭霧水，反問她：

「誰是惡藏呀？」

「呵、呵、呵！這會兒我可說溜了嘴！村裏的人大家都這麼說，我這老太婆也被感染了！惡藏就是武藏，聽說他回來了，一定藏在這裏。」

「沒有……」

聽到親生弟弟被罵得這麼慘，阿吟咬著嘴唇，臉色蒼白。阿通很內疚，在一旁告訴她今天看到武藏出現在浴佛會上。

「眞奇怪，他也沒回來這裏呀？」

她盡量替雙方打圓場。

阿吟苦著臉說道：

「……他沒回來，如果回來了，我一定會帶他去您那兒的。」

話剛說完，阿杉用手猛拍著榻榻米，像個兇惡的婆婆，罵道：

「這是什麼話？說什麼我一定會帶他去您那兒！這樣就想算了嗎？當初，慫恿我們家兒子去打仗的，還不是妳們家的惡藏。又八對我們本位田家來說，可是唯一的香火喔！可是，他卻背著我把他拐走，現在他一個人回來，能交代得了嗎……這不打緊，爲什麼不來打個招呼呢？本來你們新免家姊弟就很令人討厭，你們把我這個老太婆當成什麼了……妳家的武藏既然回來了，也要把又八還回來。如果不行，就叫惡藏跪在我面前，跟我這個老太婆報告又八的下落！」

「可是，武藏並沒有回來呀！」

「胡說！妳不可能不知道！」

「您這是在爲難我啊！」

阿吟伏在地上哭泣。內心突然想到，如果父親無二齋還在的話，就不會如此了！

這個時候，走廊的門突然響了一聲。不是風，很明顯是人的腳步聲。

「咦？」

阿杉眼睛一亮，阿通正要站起來，就在這個時候，門外一聲慘叫，這是人類發出來的聲音中最接近野獸的呻吟聲。

接著有人大叫：

房子四周響起又急又重的腳步聲，接著是樹枝折斷的聲音、踐踏草叢的聲音，聽起來絕不只一、兩個人。

「啊！把他抓起來！」

「是武藏！」

阿杉立刻站了起來。瞪著伏在地上哭泣的阿吟，說道：

「我就知道他在！妳這女人竟敢騙我這個老太婆！眞是豈有此理，妳給我記住！」

說完，打開走廊的門往外一看，突然臉色發白。

原來有一個穿著甲胄的年輕人，四腳朝天死在那兒。嘴巴和鼻子還不斷的冒出鮮血，慘不忍睹。

看來好像是被人用木劍給打死的。

4

「是……是誰……誰被殺死在這裏呀？」

阿杉顫抖的聲音，非比尋常。

「咦？」

阿通提著燈籠來到走廊。阿吟也戰戰兢兢的往外窺視。

那個屍體不是武藏也不是又八，是個陌生的武士。阿杉雖然嚇了一跳，但也放了心。

「是誰下的毒手？」

她自言自語，接著急忙對阿通說，如果被牽扯進去就慘了，快點回去。阿通心想，這個老母盲目地愛著她的兒子又八，來這裏說了那麼多難聽的話，阿吟已經夠可憐的了！萬一眞有什麼事，她也要留下來安慰阿吟，所以她說自己晚一點再回去。

「這樣呀？隨妳的便。」

阿杉非常乾脆，一個人走了！

「帶著燈籠吧！」

阿吟親切地提醒她。她卻說：

「本位田家的老母，還沒老到走路要用燈籠！」

眞是個不服輸的老太婆。一到外面，她提著裙襬，兀自走在滿是露水的夜色中。

「阿婆！請等一等！」

才一出新免家，就被人叫住。她最怕受到牽扯，但好像已經扯上了！那人橫握著大刀，手腳都穿著短冑，是村裏找不到的威武武士。

「妳剛才是從新免家出來的吧？」

「是的，沒錯。」

「妳是新免家的人嗎？」

「不是！不是！」

她急忙搖手。

「我是河對岸的鄉士家老人。」

「那麼，妳是那個跟新免武藏去關原作戰的又八的母親嘍？」

「是的……但不是我兒子想去，他是被那個惡藏騙去的！」

「惡藏是誰？」

「就是武藏那傢伙。」

「看來他在村子裏也不受好評。」

「您也知道，他已經變成燙手的暴亂分子了。我那個傻兒子，竟然跟那種人交往。我們爲此不知道掉了多少眼淚！」

「妳的兒子好像在關原戰死了。但是，妳別難過，我會替妳報仇的！」

「您是誰？」

「我是戰後參加姬路城圍捕行動的德川軍。受命在播州邊境設關卡，檢查來往的人，這裏的——」

他手指著後面的土牆。

「叫做武藏的傢伙，闖關逃跑了！我們知道他以前是新免伊賀守的人，曾效力於浮田，所以才會追到這宮本村來——但是，那男人非常頑強，我們追了好幾天了，現在只好等他累了再抓他，但不容易。」

「啊……原來如此。」

阿杉明白了！她終於知道為何武藏不留在七寶寺，也不回姊姊身邊。同時，她一想到兒子又八沒回來，只他一人活命回來，心中就充滿憤怒。

「這位大爺……武藏再怎麼強，要抓他還不簡單啊？」

「奈何我們人數太少。就在剛才，有一個人還被打死了呢……」

「我這老太婆有一個妙計，您耳朵靠過來……」

5

阿杉到底跟他出了什麼主意呢？

「嗯！原來如此！」

這個從姬路城來到邊境的武士，非常贊成她的妙計。

「您可要好好幹喔！」

阿杉婆還煽風點火加了一句才走。

沒多久，那個武士在新免家後面聚集了十四、五名人手。暗中交代他們一些事情之後，這批人就爬過圍牆，潛入屋裏。

屋裏兩個年輕女子——阿通和阿吟——正互相傾吐自己的薄命，在昏暗的燭光中，互相幫對方拭乾眼淚。這些人光著腳，忽然從兩邊的拉門衝進來，房裏一下子站滿了人。

「……啊？」

阿通嚇得臉色發白，不停的顫抖。而阿吟不愧是無二齋的女兒，反而用犀利的眼光，直瞪著這些人。

「哪一個是武藏的姊姊？」

有一人問道。

「我就是。」

阿吟接著說：

「你們隨便闖進我家，有何貴事？別以爲女人好欺侮，要是有人敢亂來，我不會饒他的！」

剛罵完，先前跟阿杉談過話的武士隊長，便指著她：

「這個是阿吟！」

緊接著房裏一陣騷動，燭火也隨之熄滅。阿通尖叫一聲跌到院子裏。事出突然，這羣人又蠻不講理，只見十幾個大男人拿著繩子，向阿吟逼近，要把她綁住。阿吟強烈反抗，不讓鬚眉。然而，不到一瞬間，她已被反扭在地，好像還飽受一頓拳腳。

糟了！

阿通不知自己身在何處，只知道順著夜路，拚命往七寶寺的方向跑。她光著腳，腦子也空蕩蕩的。這個世界的動亂，正衝擊著這個過慣平靜生活的少女。

她來到七寶寺的山下。

「嘿！這不是阿通嗎？」

樹蔭下有個人坐在石頭上，那人看到阿通，立刻站了起來。原來是宗彭澤庵。

「妳從未這麼晚歸，我很擔心，正在找妳呢！咦？妳光著腳丫？……」

他看著她白皙的雙腳，而阿通則哭著撲向他的懷裏。

「澤庵師父，糟了啊！怎麼辦？」

澤庵仍不改作風。

「糟了？……世上有什麼事會糟了？來，妳先冷靜下來，告訴我出了什麼事。」

「新免家的阿吟姊被人抓走了……又八還沒回來，那麼親切的阿吟姊又被抓走……我、我以後要怎麼辦才好呢？」

她哭個不停，一直靠在澤庵的胸膛，不停的顫抖。

荊棘

1

大地像個少女，泥土和青草都吐著炙熱的氣息。悶熱的天氣讓臉上的汗都蒸發成了霧氣，春天的午時寂靜無聲。

武藏一個人走著。他在沒有任何獵物的山裏焦躁地環視著，拿黑樫木劍當枴杖，看來非常疲倦。如果有飛禽飛過，他銳利的眼睛必定跟著移動。他滾滿泥土和露水的身體，充滿動物的感官本能和野性。

「畜生！」

他不是在罵誰，然而這一罵，引發了一股無法發洩的憤怒，使他用力揮著木劍。

「喝！」

啪──的一聲，把一棵粗樹幹砍成了兩半。

白色的樹汁從樹幹裂縫流了出來。也許這令他想起了母親的奶水，因此一直凝視不動。沒有母親的故鄉，山河徒增寂寞。

「爲什麼村裏的人都把我當仇人呢？他們一看到我，就馬上去報案；有的才看到我的影子，就像看到大野狼一樣，逃之夭夭……」

他在這讚甘山，已經躲了四天了！

白天透過薄霧，可以望見祖先留下來的——還住著孤伶伶姊姊的老房子，也可望見七寶寺的屋頂，靜靜的沈落在山腳的樹叢中。

然而這兩個地方他都無法靠近。浴佛會那天，他夾在人羣中去看阿通，沒想到阿通在大家面前大聲的叫他的名字。他想，要是被人發現，不但她會被牽連進去，自己也會被抓住，所以急忙逃跑了！

當天晚上，他也偷偷地回家看姊姊，很不巧又八的母親剛好來。要是她問起又八的事，該如何回答？自己一個人回來，要怎麼向這老母道歉？他猶豫不決，只好從門縫偷窺姊姊。沒想到被姬路城的武士發現，連句話也來不及說，就被迫逃離姊姊家了。

從那時開始，他就在讚甘山觀察，發現姬路的武士對他可能出沒的道路，正在作地毯式的搜索；村裏的人也聯合起來，每天這座山那座山的，打算合力逮捕自己。

「……阿通姑娘不知對俺作何感想？」

武藏甚至對她也開始疑神疑鬼了！故鄉的每一個人都變成他的敵人，他懷疑他們要堵住他所有的生路。

「實在很難對阿通姑娘說明，又八是因爲這種理由才不能回來……好吧！還是告訴又八的母親吧！如果這樣還行不通，這村子就眞的不能待了！」

武藏下了決心，正要下山，但想到天黑之前，不能出現在村子裏，所以就拿了顆小石子，打下一隻小鳥，拔毛剝皮，邊走邊吞著這些生溫的血肉。

「啊!?……」

迎面走來一個人，也不知是誰，一看到他，就馬上逃到樹林裏了。對這個人無緣無故竟然討厭自己，武藏感到非常憤怒。

「等一等！」

他像豹子一樣向那人撲去！

2

原來是個常在這山走動的燒炭工人。武藏認得他，抓著他的領子，把他拉了回來，問道：

「喂！爲何逃跑？你忘了嗎？俺是宮本村的新免武藏啊！俺可沒說抓到什麼就吃什麼。見了人也不打招呼，扭頭就跑，這樣像話嗎？」

「是，是！」

「坐下！」

他一鬆手，對方又要逃跑。這回，他用腳猛踢他的腰，還拿木劍作勢要打他。

「哇！」

那男的抱著頭趴在地上，全身戰慄個不停。

「救、救命呀！」

武藏實在無法瞭解，爲何村裏的人都那麼懼怕自己？

「現在俺問你事情，你可要老實回答喔！」

「我什麼都說，只要你饒了我這條老命！」

「誰說要你的命了？山下是不是有追兵？」

「是！」

「七寶寺是不是也有人埋伏？」

「有！」

「村裏的傢伙今天是不是也出來搜山要抓俺？」

「……」

「你也是其中一個吧？」

那男人跳起來，像個啞巴一樣猛搖著頭。

「唔！唔！」

「等等，等等！」

他抓著那人的脖子。

「俺的姊姊，現在怎麼樣了?」

「誰啊?」

「俺的姊姊——新免家的阿吟姊姊!村裏的人被姬路的人逼迫，不得不來追俺，該不會連俺姊姊也不放過吧!」

「不知道，我什麼都不知道!」

「你這小子!」

他揮動木劍打他。

「你說話的樣子太奇怪了!一定有事。你不招的話，俺就用這個打碎你的頭顱!」

「啊!手下留情!我說，我說!」

燒炭工人雙手合掌求饒。告訴他阿吟被抓的事，還有村裏貼了公告，凡是給武藏食物的人、借武藏住宿的人，都視爲同罪。同時，每一戶每隔一天都得派一名年輕人，天天由姬路的武士帶領去搜山。

武藏因憤怒而起雞皮疙瘩。

「眞的嗎?」

他不斷逼問:

「俺姊姊是何罪名?」

他瞪著布滿血絲的眼睛。

「我什麼都不知道，我只是怕領主才這麼做的。」

「俺姊姊被抓去哪裏？牢房在哪裏？」

「村裏的人說是日名倉。」

「日名倉——」

他的雙眸充滿憎恨，抬頭仰望邊境的山線。那附近是中國山脈的脊柱，在灰色的暮靄中，形成斑點，逐漸暗去。

「好，俺要去救您了！姊姊呀……姊姊……」

武藏自言自語著，把木劍當枴杖，一個人往發出水聲的湖邊大步走去。

3

晚課的鐘聲剛剛響過。七寶寺的住持這兩天才剛旅行回來。

屋外黑漆漆的，伸手不見五指。但寺廟裏頭，卻可看見紅色的燈光以及廚房的爐火，客房裏燭光搖曳，依稀可見房裏的人影。

「阿通姑娘，妳快出來吧……」

武藏一直蹲在本堂和客房中間的橋廊下。晚餐的香味撲鼻而來，使他想到熱騰騰的飯菜。這幾天，除了生吃鳥肉和野草外，沒吃過東西。此時胃裏突然翻攪起來，疼痛不堪。

「嘔……」

武藏嘔出胃液，非常痛苦。

客房裏有人聽到了聲音，問道：

「那是什麼？」

「大概是貓吧？」

阿通回答。然後提著晚餐，走過武藏藏匿的橋廊。

啊！阿通姑娘。

武藏想叫她，但是胃痛得讓他叫不出來。還好沒叫，因爲有個人跟在她後面，問道：

「浴室在哪裏？」

那人穿著寺裏借來的衣服，綁著細細的腰帶，脖子上掛著毛巾。武藏抬頭一看，認得那是姬路城的武士。他命令部下還有村裏的人去搜山，日夜疲於奔命地到處搜索。自己卻在天黑後就到這寺廟休息，還白吃白喝。

「浴室嗎？」

阿通把東西放下。

「我帶您去。」

她沿著走廊，往裏面走。那個鼻子下面留著八字鬍的武士，突然從阿通身後抱住她。

「怎麼樣？一起去洗澡吧！」

「哎呀！」

他用雙手壓著她的臉。

「不好嗎？」

還把嘴湊到她的臉頰。

「……不行！不行！」

阿通柔弱無力。不知是否嘴被捣住了，連叫都叫不出來。

武藏見狀，已經顧不得自己的處境了。

「你想幹嘛！」

他跳到走廊上。

他從後面一記重拳，打在武士的後腦勺，並且忙不迭抱住阿通，那人則跌到下面去了。

阿通也同時發出尖叫。

那武士四腳朝天，大叫：

「啊！你是武藏吧？是武藏！武藏出現了！來人呀！大家快來。」

突然間，寺內響起的腳步聲和呼叫聲，簡直像場暴風雨。他們似乎說好了，如果看到武藏就要發出信號，所以鐘樓傳來噹噹的鐘聲。

「呀喝！」

搜山的人全都以七寶寺為中心集合起來，立刻從連接後山的讚甘山一帶開始搜索。然而，此時武藏卻已站在本位田家寬敞的門口了！

「伯母！伯母！」

他窺視著主屋的燈火，大聲叫著。

4

「誰呀？」

阿杉拿著脂燭，慢吞吞的從裏面走出來。脂燭的燭火，從下巴往上照著她凹凸不平的臉，突然變得鐵青。

「啊？是你……」

「伯母，我是來告知一件事的……又八沒有戰死，他活著，在他鄉和一個女人同居……就是這樣，也請您告訴阿通姑娘。」

他一說完，又接著說：

「呼！說出來舒暢多了！」

武藏立刻拄著木劍，轉身走向屋外夜色中。

「武藏！」

阿杉叫住他：

「你現在準備去哪裏？」

「俺嗎？」

他沈痛的回答：

「俺現在要去闖日名倉關卡，救回俺的姊姊，然後遠走他鄉，所以再也見不到伯母了……我只是來告訴你們和阿通姑娘，又八沒有戰死，也不是俺願意一個人回來的。對這村子，俺已經毫無眷戀。」

「是嗎……」

阿杉換了一隻手拿脂燭，向他招手問道：

「你肚子不餓嗎？」

「俺已經好幾天沒吃飯了！」

「眞可憐……我正巧在煮菜，也好替你餞個行，趁現在還沒準備好，你先去泡泡澡吧！」

「……」

「嗳！武藏，你家和我家，從赤松以來就是舊交，我眞捨不得你走呀！」

「……」

武藏彎著手臂，拭去眼淚。溫暖的人情味，使他的猜疑和警戒一下子放鬆了下來，令他深深感受到人間的溫情。

「快……快到後面去，有人來就慘了……你有沒有毛巾啊？對了！有又八的內衣和便服，你洗的時候，我會把它們拿出來，順便張羅一些飯菜……你可以泡泡澡，慢慢洗。」

阿杉把脂燭交給他之後，立刻走到內屋。接著，那已嫁了的女兒飛快地跑了出去。

浴室的門被風吹得卡卡作響，裏面傳來洗澡水的聲音，燈火搖曳不止。阿杉從主屋問道：

「泡得舒服嗎？」

武藏的聲音從浴室傳出來：

「太舒服了……啊！好像死而復生一樣。」

「你可以慢慢泡，暖暖身子，我飯還沒張羅好呢！」

「謝謝！要知如此，早就該來了！本來俺還擔心伯母會怨恨俺呢……」

他充滿欣喜的聲音夾雜著水聲，又說了兩三句，但沒聽到阿杉的回答。

阿杉的女兒，終於喘吁吁的回到家裏——後面帶了二十個左右的武士及搜山的人。

阿杉在外頭等著，他們一來，立刻跟他們耳語一番。

「什麼？妳把他騙到浴室小屋？這傢伙終於出現了……好！今晚可要把他抓住！」

武士們分為兩組，像爬蟲一樣，在地上匍匐前進。

黑暗中，浴室的燭火更顯得明亮。

5

好像有一點不對勁——武藏的直覺使他戰慄不安。

他從門縫往外一看，立刻全身毛髮倒豎。

「啊！受騙了！」

他大叫一聲。

光著身子，又是在狹窄的浴室裏，根本沒時間想該怎麼辦！

現在發現已經太遲了。拿著棒子、長槍，還有鐵棍的人影，已團團圍住浴室。其實只不過十四、五名而已，但看在他眼中，感覺變了好幾倍。

他沒辦法逃跑，因爲就連裹身的布都沒有。但是武藏並不感到害怕，對阿杉的憤怒，驅動了他的野性。

「好！俺就看看你們要幹嘛！」

他不考慮守勢。在這種情況下，他只會主動攻擊敵人。

這些獵人還在互相推讓時，武藏猛力從屋內踢開木門。

「幹啥!?」

他大叫一聲，跳了出來。

他全身赤裸，溼髮披散開來，簡直像個瘋子。

武藏咬牙切齒，緊緊抓住敵方往他胸前刺過來的槍柄，把那人甩開，而那支槍就成了他自己的武器。

「混蛋！」

混亂中，他左右揮舞著長槍，以寡擊衆的時候，這方法很管用。他在關原之戰學會了這招不用槍尖而用槍柄的槍法。

糟了！爲什麼剛才沒先派三、四個人奮不顧身地殺進浴室呢？這些悔之已晚的武士們，你一言我一語的，互相責怪。

不到十來下，武藏的長槍已經被打斷。他趕緊舉起倉庫窗下用來壓醃菜的石頭，砸向圍住他的人。

「在那裏，逃到主屋去啦！」

阿杉和她女兒聽到了，立刻光著腳丫，跌跌撞撞的逃到後院。

武藏在屋裏到處走動，翻箱倒櫃，發出巨大的聲音。

「俺的衣服呢？藏到哪裏去了？快還給俺！」

地上雖然有幾件工作服，衣櫥裏面也有很多衣服，但他看也不看。

他張著血眼到處找，終於在廚房角落找到了自己的破衣服。他抱著這些衣服，一腳踩著土灶邊緣，從天窗爬到屋頂上去了。

底下一陣騷動，發出如濁流潰堤般的聲音。而武藏走到大屋頂的中央，慢條斯理地穿衣服。他用牙齒撕開腰帶，緊緊地綁住溼髮，連眉毛、眼尾都吊起來了！

春天的蒼穹，滿天星斗。

孫子兵法

1

「喔——咿」

這山有人一喊，就有人在遠處回答：

「喔——咿」

每天都有人搜山。

村人無心養蠶，也無法犁田了！

本村，正在追捕新免無二齋遺子武藏，疑其出沒山區，胡亂殺人，罪大惡極。見其人者，斬首可也。降伏武藏有功者，將受賞賜如下：

一、捕獲其人者　銀　十貫（一貫爲一千錢）

二、斬其首者　田　十區

三、通報藏匿場所者　田　二區

以上

慶長六年　池田勝入齋輝政　臣

村子的牆壁、路口到處立著告示牌。阿杉婆和家人，深怕武藏到本位田家來報仇，每天關著門，戰戰兢兢的。並在出入口築牆保護。從姬路的池田家來幫忙的人，結伴站崗，萬一武藏出現了，就用法螺或寺廟的鐘等所有能響的東西互相聯絡。大家發誓要把他裝在布袋裏，一點也不敢懈怠。

然而，一點效果也沒有。

今早也一樣。

「哇！又有人被殺了！」

「這次是誰？」

「是個武士吧！」

有人發現村子郊外路旁的草堆裏有一具屍體，頭倒插，雙腳朝天，姿勢很奇怪。人們又恐怖又好奇，互相爭著看，引起一陣騷動。

那屍體頭蓋骨已碎，看來是用附近的布告牌打的。染了鮮血的布告牌，就被丟棄在屍體的背上。布告牌的正面便是寫著獎賞的辭句，有人不經意的念了出來，殘酷的感覺馬上消失，周圍的人開始覺得好笑。

「哪個傢伙在笑？」

有人責問。

七寶寺的阿通，夾雜在村人當中，嚇得整張臉連嘴唇都發白了。

早知道就不要看！

她很後悔，無法忘記那個死者的慘狀，只好跑回寺裏。

正好遇到在寺裏借宿，把寺廟當作指揮處的那個武士頭兒匆匆忙忙地走出來，好像是正好有五、六個部下同時來向他通報，他正要前往處理。一看到阿通，便輕鬆地問道：

「阿通嗎？妳到哪裏去了？」

阿通想起那晚不愉快的事，心裏很不舒服，看到這個頭兒的八字鬍，更令她倒盡胃口。

「我去買東西。」

她丟下一句話，頭也不回地逕自跑上本堂前的石階。

2

澤庵在本堂前逗著狗玩。

他看到阿通，便對她說：

「阿通姑娘！有妳的信喔！」

「我的信？」

「妳不在，我先收了！」

他從袖口拿出信來，遞給她。

「妳臉色不好，怎麼回事？」

「在路旁看到死人，心裏很不舒服。」

「那種東西最好別看……不過，現在這個世界啊！摀著眼睛，還是會看到死人，眞傷腦筋！我還以爲只剩這個村子是淨土呢！」

「武藏爲何要那樣殺人呢？」

「他不殺人，人便要殺他。他沒理由被殺，所以不能白白送死。」

「好可怕……」

她不禁打了個哆嗦、縮著肩，心想：

「要是他來了，該怎麼辦？」

薄薄的烏雲籠罩著山腰。阿通茫然地拿著信，躲到廚房旁的紡織房裏。

紡織機上掛著一件男用的布料。

她從去年開始，朝夕不斷，一針一線，把思念織了進去，期待有一天又八回鄉，要給他穿這件衣服。

她坐到紡織機前。

「誰寄來的？」

她仔細看了信封的字句。

她是個孤兒，沒人會寫信給她，也沒人可讓她寄信。她想可能弄錯了，重複看了好幾次收信人的姓名。

那信似乎經過長途寄送，信封滿是信差的手痕和雨漬，已經破爛不堪。打開來，有兩張信紙掉了出來，她先看其中一張。

那是個陌生女子的字跡，看來是個中年女子。

如果妳已經看了另外一張信，我就不再多言。但是爲了愼重起見，還是再確認一次。這次的機緣，我收了又八當養子。但他似乎一直掛念著妳。爲了將來雙方不生瓜葛，我主張要劃清界線。以後請忘記又八。謹此通告。

阿甲

此致

阿通姑娘

另外一張正是本位田又八的筆跡。裏面寫了一大堆不能回鄉的理由。

最後還叫她忘了他，另找他人嫁了！又寫說家裏母親那兒，自己不好去信，如果見到母親，請告

指甲就像剛才看到的死人指甲一樣，毫無血色。

阿通的頭一陣冰涼，連眼淚都沒流出來。雙手拿著信，抖個不停。她的指甲就像剛才看到的死人指甲一樣，毫無血色。

「……」

訴她自己在他鄉，活得好好的。

3

八字鬍頭兒的部下，全都野宿山區，日夜疲於奔命，他卻把這個寺當作安樂窩。寺裏的人每天到了傍晚，就要忙著給他燒洗澡水、煮飯燒菜，從民家找來好酒。每晚光是張羅這些，就夠大家忙的了！今天傍晚，已經到了開始忙碌的時候，廚房仍不見阿通的蹤影。看來今天給客人送的晚飯一定會遲了！

澤庵像在找迷路的小孩一樣，喊著阿通的名字。他找遍了整個院子，但是紡織房裏沒聽到梭子的聲音，門也關著，所以雖然他從那兒走過好幾次，卻沒開門看看。

住持不斷的到橋廊下面大喊：

「阿通在做什麼？」

「她應該在才對。沒人斟酒，要是客人喝得不愉快，會抱怨的。快去找她！」

最後，寺裏的男僕不得不提著燈籠下山找。

此時，澤庵突然打開紡織房的門。

阿通果然在。她趴在紡織機上，獨自在黑暗中嘗著寂寞的滋味。

「?……」

澤庵默默的站了一下子。她用力踩著腳底下的兩封信，就像踩著詛咒人偶一樣。

澤庵悄悄地將它拾起。

「阿通姑娘！這不是今天寄來的信嗎？把它收好吧！」

「……」

阿通根本不接手，只輕輕的搖著頭。

「大家都在找妳。快……我知道妳不情願，但還是請妳快點去替客人倒酒，住持正急得發慌呢！」

「……我頭好痛……澤庵師父……今晚可以不去嗎？」

「我可不認爲叫妳去斟酒是件好事喔！但是，這裏的住持是個凡人，喜歡擺譜，對領主又沒有維持寺廟尊嚴的能力。——我們不能不招待他們，也不能不安撫八字鬍的情緒呀！」

他撫著她的背。

「妳從小就是這兒的和尚養大的。這個時候妳要幫住持的忙……好嗎？只要露個臉就好了！」

「嗯……」

「快，走吧！」

他扶她起來，阿通滿臉淚水，終於抬起頭來。

「澤庵師父……我這就去了，很抱歉，可不可以也請您跟我一起去客房？」

「那是沒問題啦！只是，八字鬍武士很討厭我。而我一看到他的鬍子，就忍不住想諷刺他。雖然這麼做太孩子氣了，但是我就是這樣的人呀！」

「但是，只我一個人……」

「住持不是在嗎？」

「每次我一去，大師就走開了。」

「那的確令人放心不下……好，我陪妳去。別再想了，快去化化妝！」

4

客房的客人看到阿通姍姍來遲，趕緊整理衣冠，堆著笑臉。因爲之前已經喝了幾杯，所以紅著臉笑咪咪的，下垂的眼角正好跟上翹的八字鬍形成對比。

阿通雖然來了，但他還是覺得有些掃興，因爲燭台對面有個閒雜人，像個大近視眼，彎腰駝背地坐著，原來他把膝蓋當書桌，正在看書呢！

正是澤庵。八字鬍頭兒以爲他是寺裏打雜的小和尚，便用下巴指著他。

「喂！你！」

可是澤庵頭也不抬一下，阿通連忙偷偷提醒他。

「啊？叫我嗎？」
他東張西望，八字鬍則高傲的說：
「喂！打雜的！這裏沒你的事了，退下去！」
「不，在這裏很好。」
「人家在喝酒，你在旁邊看什麼書的，眞殺風景！站起來！」
「書已經放下來了！」
「眞礙眼！」
「那麼，阿通小姐！把這書拿到外面去！」
「我不是指書，而是你。坐在酒席旁，有礙觀瞻。」
「傷腦筋！我又不能像孫悟空一樣，變成煙霧，或是變成一條蟲，停在飯菜上……」
「你還不退下！你這不識相的傢伙！」
他終於火冒三丈。
「好吧！」
澤庵假意順從，拉著阿通的手。
「客人說他喜歡一個人。喜好孤獨，此乃君子之風……走吧！打擾他就不好了！我們退下吧！」
「喂，喂！」
「什麼事？」

「誰說連阿通也要一起退下的？你這個傢伙！太傲慢了。」

「的確很少聽到有人會說和尚和武士可愛的——就像你的鬍子一樣。」

「你給我修正！嘿！」

他伸手去拿立在牆邊的大刀。澤淹目不轉睛看著他往上翹的八字鬍。

「你說修正，想修成什麼形狀呢？」

「你這打雜的，越來越不像話了！我非砍了你的頭不可！」

「要砍拙僧的頭？……啊哈哈哈！省省吧，眞無聊！」

「沒看過有人不爭氣到要砍和尚的頭。頭被砍斷後，如果還對你微笑，那可划不來喔！」

「你說什麼？」

「好——我倒要看看被砍下來的頭，還能不能貧嘴？」

「來呀！」

澤庵饒舌不斷激怒他。他握著刀柄的拳頭，因憤怒而抖個不停。阿通一邊以身護著澤庵，一邊因他不斷弄口而緊張得哭了出來。

「您在說什麼呀？澤庵師父！您怎麼這樣對武士講話呢？快道歉，求求你快點道歉！要不然頭被砍了怎麼辦？」

然而澤庵卻又說道：

「阿通姑娘，你退下——不要緊的，這些廢物，那麼多人花了二十天的功夫，還砍不到一個武藏的頭，哪能砍到我的頭？砍得到才怪！」

5

「哼！別動！」

八字鬍滿臉通紅，準備拔刀。

「阿通，退下！這打雜的好耍嘴皮子，今天非把他切成兩半不可！」

阿通把澤庵護在身後，伏在八字鬍的跟前哀求道：

「我想您一定非常生氣，請多多原諒。這個人對誰講話都是這副樣子，絕不是只對您才這樣開玩笑的。」

澤庵一聽——

「欸！阿通姑娘！妳說什麼？我可不是在開玩笑，我說的是事實。他們就是廢物，所以才叫他們廢物武士，這有什麼不對？」

「別再說了！」

「我還要說。這一陣子，爲了搜索武藏，大家都不得安寧。武士當然花多少天也沒關係，但是農人們就遭殃了！他們放下田裏的工作，每天被迫去做沒錢的工作，佃農們都要餓死了！」

「哼！打雜的，你竟敢仗著和尚的身分批評政道。」

「不是批評政道。我說的是那些介於領主和人民之間，表面上奉公守法，實際卻在浪費公帑的官員。就像你今晚，在客房大大方方的穿著休閒衣，泡了舒舒服服的熱水澡，還要美女陪酒，有何企圖？是誰給你這個特權的？」

「……」

「侍奉領主要盡忠，對待人民要盡仁，這不是官吏的本分嗎？然而，不顧農事荒廢，不管部下辛苦，只管自己。出任公務，竟然偷閒享受，飲酒作樂，挾君威勞民傷財，這可說是典型的惡吏！」

「……」

「你把我的頭砍斷，拿到你主人，也就是姬路城城主池田輝政大人面前看看，輝政大人可能會覺得奇怪說道，咦？澤庵，今天怎麼只有頭來而已？輝政大人和我從妙心寺茶會以來就成爲好友，在大坂（編註：和京都並稱二府。室町時代稱爲大坂、小坂。明治四年統一並改稱大阪。）地區，還有大德寺，都經常見面呢！」

八字鬍洩了氣，酒也慢慢醒了，可是就是無法判斷澤庵的話是眞是假。

「先坐下來吧！」

澤庵故意讓他喘口氣，接著說：

「如果你不信，我現在可以帶些麵粉等土產，跟你到姬路城的輝政大人那兒對質。但是我最討厭敲諸侯的門了……再加上，如果我在聊天的時候，說出你在宮本村的種種惡行惡狀，他可能會要你切腹喔！所以，剛開始我就警告過你了。當武士的人，不能顧前不顧後，這正是武士的致命點呀！」

「……」

「把刀放回去吧！然後，我還有一句話要講。你有沒有讀過《孫子》這本書？這是一本兵法書。武士不應該不知道孫子的。關於這點呢！我現在正想給你上上課，教你如何不損兵折將就能抓住宮本村的武藏。這可關係到您的天職喔！仔細聽好……來！請坐。阿通姑娘！再給他倒一杯。」

6

這兩人年齡相差十歲。澤庵三十幾歲，八字鬍已四十出頭。然而，人之間的差異，不能以年齡來計算。它跟個人的資質，以及資質的磨練有關。平常修養鍛鍊所造成的差異，可能是天壤之別。

「哦——不，不能再喝了！」

八字鬍本來耀武揚威，現在則像隻貓一樣溫馴。

「原來如此。在下不知您跟我主人勝入齋輝政大人是知交，剛才失禮了，請多多包涵。」

他誠惶誠恐的樣子顯得很可笑，但澤庵並沒有因此窮追猛打。

「好了好了！這種事沒什麼大不了的。重要的是如何抓到武藏？總之，尊公的使命、武士的面子，不都跟它有關嗎？」

「您說得對……」

「武藏越晚被抓，你就越能悠哉的住在寺裏，茶來伸手，飯來張口，也可以追求阿通姑娘，這些都不打緊，可是……」

「哎！這事已經……請別跟我主人輝政大人提這事。」

「要我保密是吧？這我知道。話說回來，大家只管喊著要搜山，拖久了，農民會更窮困，更人心惶惶，善良百姓根本無法安心耕種。」

「的確如此。我心裏也在著急呀！」

「你只是毫無對策，是吧？也就是說你這小子不懂兵法。」

「我眞丟臉！」

「的確太丟臉！我說你們無能、好吃懶做，實不爲過……不過，我這樣指責你們，心裏還是有點過意不去，所以我保證三天內抓到武藏。」

「什麼？……」

「你不相信嗎？」

「可是……」

「可是什麼？」

「我們從姬路調來數十名援兵，再加上農民、足輕，總共兩百多人，每天搜山，仍徒勞無功……」

「眞辛苦你們了！」

「還有，現在剛好是春天，山上還有很多食物，所以對武藏有利，對我們不利。」

「那就等到下雪嘛！」

「這樣也……」

「也行不通。所以才說由我來抓他，不需要人手，我一個人就可以啦！對了，阿通姑娘也去吧！兩個人一定夠了！」

「您又在開玩笑了！」

「笨蛋！我宗彭澤庵一天到晚開玩笑度日嗎？」

「抱歉！」

「你就是這樣，所以我才說你不懂兵法。我雖然是個和尚，但還懂一點孫吳的眞髓。只是有個條件，你們要是不答應，在下雪之前，我就袖手旁觀。」

「什麼條件？」

「抓到武藏之後，要由我澤庵來處置。」

「嗯……這個嘛……」

八字鬍捻著鬍子，暗自思考。這個不知天高地厚的年輕和尚，搞不好只是自吹自擂，空口說白話而已，爽快答應他，搞不好他情急之下，就露出狐狸尾巴了。他想了想，便一口答應。

「好！如果您抓到武藏，就任憑您處置。可是萬一三天內沒抓到，那怎麼辦？」

「我就在庭院的樹上，這樣——」

澤庵伸出舌頭，用手比出吊死的樣子。

7

「那個澤庵和尚大概瘋了。今天早上聽說他答應了一件很荒唐的事！」

寺裏的男僕著急萬分，跑到僧房裏四處通報。

聽到的人都問：

「眞的嗎？」

有的瞪著大眼問：

「他準備怎麼樣？」

住持最後也知道了，以一副教訓的口吻嘆息道：

「所謂禍從口出，就是這樣啊！」

實際上最擔心的是阿通。她一直信賴她的未婚夫又八，沒想到他卻寄來一封訣別書，這比聽到又八戰死沙場，更令她傷心。而那個本位田家的老婆婆，只因爲是將來丈夫的母親，她才忍耐著侍奉。

這下子要依靠誰活下去呢？

她獨自在黑暗中悲嘆命運，而澤庵是她唯一的一盞明燈。

在紡織房獨自哭泣的時候，她把去年開始給又八精心編織的布料統統剪破，還想用那剪刀自殺呢！

後來澤庵讓她改變主意，到客房給客人倒酒。澤庵牽著她的手，使她感到人間的溫情。

然而這個澤庵師父，卻做出這種決定。

阿通自己的遭遇不打緊。想到爲了一個無聊的約定，就要讓她失去澤庵，不禁悲從中來，痛苦萬分。

以她的常識來判斷，這二十幾天來，大家地毯式的搜索都還抓不到武藏。現在，光靠澤庵和自己兩個人，三天之內要把武藏繩之以法，怎麼想也是不可能的事。

約定雙方提出的交換條件，都已在弓矢八幡神明前發過誓。澤庵別過八字鬍回到本堂的時候，她不斷責備他沒有深謀遠慮。可是，澤庵卻親切地拍拍阿通的背，安慰她沒什麼好擔心的。如果因此能除掉村子的麻煩，除掉連結因幡、但馬、播磨、備前等四個州的交通要道的不安，還能救不少人的性命，那自己的一條命，就輕如鴻毛了！沒關係，明天傍晚之前，阿通姑娘盡管好好休息，一切交給我就行了。

但是，她還是忐忑不安。

因爲時間已近黃昏了！

而澤庵人呢？他正在本堂的角落，跟貓一起睡午覺呢！

從住持開始，寺僕、雜工，看到她呆滯的面容，都說：

「不要去喔！阿通姑娘！」

「躲起來吧！」

大家極力勸她不要跟澤庵同行，但無論如何，阿通都無法這麼做。

中國山脈山腳下的英田川和宮本村，籠罩在濃濃的夕陽中。

夕陽開始西下了！

貓從本堂跳了下來。澤庵醒了。他走出迴廊，伸了一個大懶腰。

「阿通姑娘！要出發了，準備一下吧！」

「草鞋、枴杖、綁腿，還有藥、桐油紙，準備了一大堆！」

「還要帶一樣東西。」

「是長槍還是刀？」

「妳在說什麼啦……要帶吃的！」

「帶便當？」

「鍋子、米、鹽、味噌……還想帶點酒呢！反正什麼都可以。廚房裏有的東西，全都拿來。把這些掛在扁擔上，我們兩個一起挑去。」

縛笛

1

近山比漆還暗，遠山則比雲母還淡。時節已是晚春，風暖暖的。

到處可見山白竹和樹藤，道路兩旁霧氣繚繞。離村莊越遠，山上就越潮溼，像下過一場大雨一樣。

「很舒暢吧？阿通姑娘！」

他們把行李掛在竹扁擔上，澤庵挑前端。

阿通挑後面。

「一點也不舒暢。到底要去哪裏？」

「說的也是……」

澤庵心不在焉的回答：

「再走一點吧！」

「走路是沒關係，可是……」

大概是肩膀痛了，阿通不時的左、右肩更換扁擔。說道：

「都沒碰到人耶！」

「今天八字鬍一整天都不在寺裏。他把搜山的人統統調回村裏，一個也不剩。跟他約定的這三天，他大概準備袖手旁觀吧！」

「澤庵師父，您到底要如何抓武藏呢？」

「過些時候，他一定會出來的。」

「出來之後呢？他平常已經很強壯了，現在又被人包圍，難免會做困獸之鬥。現在的武藏可說是個惡鬼，想到這個，我腳就開始發抖了！」

「快看……妳腳邊！」

「唉呀——呼！嚇我一大跳。」

「不是武藏啦！我看他們在路邊拉了樹藤，還用荆棘圍了矮牆，所以才叫妳注意。」

「搜山的人想置武藏於死地，才設這些路障吧？」

「如果我們不小心，會掉到陷阱裏去喔！」

「聽到這種事，我嚇得連一步都走不動了！」

「要掉也是我先掉。但是他們只是白費功夫而已……喔！山谷變得狹窄多了！」

「是不是累了？」

「不是。」

「我們剛才經過了讚甘的後山。這裏是辻原地帶了！」

「晚上走路什麼都看不見，沒辦法。」

「問我路，我可不知道喔！」

「行李放下來一下。」

「做什麼？」

澤庵走到懸崖旁，說道：

「小便。」

英田川上游湍急的河水，在他的腳下，直瀉百尺懸崖，打在岩石上，發出怒吼的聲音。

「啊！眞愉快！……自己是天地？還是天地是自己呢？」

澤庵沙沙的撒著尿，仰望天空，像在數著星星。

阿通站在遠處，不安的問道：

「澤庵師父！還沒好嗎？怎麼那麼久。」

他終於回來，說道：

「我順便占了卜，問了卦。妳看！已經有頭緒，所以我問出來了！」

「問卦！」

「問卦是靠易經的理論。這個易，我解釋爲心易，不，應該叫靈易。綜合地相、水相，還有天象，閉上眼睛，就有一個卦，指引我們往那座山去。」

「是高照山嗎？」

「我不知道叫什麼山，不過山腰的地方有一片沒長樹的高原。」

「那是虎杖草牧場。」

「虎杖草……剛好我們要抓山中虎，這是個好預兆喔！」

澤庵大笑起來。

2

高照峰的山腰，面向東南緩緩傾斜，視野遼闊，鄉裏稱它「虎杖草牧場」。

既然是牧場就應該有牛羊，可是，今晚只有微風輕輕撫著青草，不見半隻牛羊，顯得格外寂靜。

「來！在這兒紮營。這會兒，敵方武藏就像魏的曹操，我就是諸葛孔明。」

阿通放下行李問道：

「在這裏做什麼？」

「坐著。」

「坐著，能抓到武藏嗎？」

「如果掛網子，會連空中的鳥都抓住，太簡單了。」

「澤庵師父是不是被狐狸給附身了？」
「生火吧！搞不好會跌下去喔！」
澤庵撿了些枯枝，生了一堆火。阿通覺得踏實了些。
「有了火，感覺熱鬧多了。」
「妳很擔心嗎？」
「這個……在這荒郊野外過夜，誰也不願意呀……而且，要是下雨了怎麼辦？」
「剛才上山來的時候，我已經看好下方道路有一個洞穴。要是下雨，就躲到那裏去。」
「武藏哥哥晚上，還有下雨的時候，也躲在洞穴吧？……到底，村子的人爲什麼要那樣視武藏哥哥爲眼中釘呢？」
「這是權力造成的吧！越是純樸的老百姓，越是恐懼官權。因爲恐懼官權，所以才會把自己的弟兄趕出家園。」
「也就是說，他們只顧自己的安危。」
「這些人沒權沒勢的，只好寬恕他們了！」
「我不懂的是，姬路的武士們，只抓武藏哥哥一個人，爲何要那樣勞師動眾呢？」
「不，要維護治安，就得這樣做。因爲武藏從關原開始，就一直被敵人窮追猛趕，所以連回村子，都是衝破國境崗哨進來的。他如果不殺看守山中關卡的士兵，並且一錯再錯，一殺再殺，就無法自保，所以這不是別人惹的禍，是武藏自己不諳世事才引起的。」

「您也恨武藏哥哥嗎？」

「當然恨。如果我是領主，一定將他處以嚴刑。爲了要殺一儆百，我發誓一定會讓他粉身碎骨。即使他有鑽地的本事，我也要刨土掘根，將他繩之以法。如果對武藏太過於寬大，領下的綱紀就會鬆動，何況現在是亂世。」

「澤庵師父對我這麼親切，沒想到內心卻是很嚴厲的。」

「當然嚴厲。我是光明正大，賞罰分明的人。就是秉持這種信念，所以才來這裏。」

「……咦？」

阿通嚇了一跳，在火堆旁站了起來。

「剛才，那邊的樹林，好像有腳步聲。」

3

「什麼？腳步聲？……」

澤庵傾耳靜聽了一會兒，突然大聲說道：

「啊哈哈哈！是猴子啦……妳看那裏，母猴帶著小猴，正在樹上跳來跳去呢！」

阿通鬆了一口氣：

「……哎！嚇了一大跳！」

她重新坐了下來。

她注視著火焰——直到深夜，兩人始終沒開口。

看到火快燒完了，澤庵加了些枯木。

「阿通姑娘！妳在想什麼？」

「我……」

阿通被火烤得紅腫的眼睛，望向星空：

「我正在想，這個世界是多麼奇妙呀！望著星空，無數的星星在寂寞的深夜裏，不！我說錯了，應該說，連深夜都懷抱著天地萬象，正在做緩慢且巨大的移動。不管發生什麼事，這個世界還是會照常運轉，這就是我的感想。同時，我這個不起眼的小人物，也是被這……看不見的東西支配著，而不停地改變命運……我剛才就是在想這些毫無止境的事情。」

「妳騙人的吧……這些事或許曾經浮現在妳的腦海裏，但是，此刻妳心裏一定拚命在想另外一件事吧！」

「……」

「有件事要向妳道歉，阿通姑娘！老實說，我看了妳的信了。」

「信？」

「那天在紡織房我幫妳撿起來，可是妳沒拿，光顧著哭，所以我就放到自己的袖口裏了……然後，說來有點不衛生，我蹲茅坑的時候太無聊，就仔仔細細的把它看完了！」

「唉呀！您太過分了！」

「看了之後，我什麼都明白了……阿通姑娘！這樣對妳反而比較好。」

「為什麼？」

「像又八那種善變的男人，如果在和妳成親之後，才丟給妳一封訣別書，妳該怎麼辦？還好現在還沒成親，我反而覺得很欣慰。」

「女人卻沒辦法這麼想。」

「那麼，妳怎麼想？」

「我覺得好委屈……」

說完，不禁咬住袖口：

「……我一定，一定要找到又八，不告訴他我心裏的話，我實在不甘心。而且，也要去找那個叫阿甲的女人。」

澤庵望著萬念俱灰、不斷哭泣的阿通。

「開始了……」

接著又說：

「我原來以為只有阿通姑娘可以從年輕到老都不知世事險惡、人心難測，終其一生都無憂無慮，簡單潔淨。沒想到，命運的狂風暴雨已經吹到妳身邊了。」

「澤庵師父……我、我該怎麼辦……好委屈……好委屈喔！」

阿通把頭埋在袖子裏，背脊隨著啜泣不斷一起一伏。

4

白天，兩人躲到山洞裏，想睡多久就睡多久。

食物也不缺乏。

但是，最重要的是抓武藏。澤庵也不知葫蘆裏賣什麼藥，連找也不去找，好像一點也不放在心上。

到了第三天晚上。

阿通又像昨天和前天一樣，坐到火堆旁。

「澤庵師父，您跟人家約定的日期，只剩今夜嘍！」

「是啊！」

「您準備怎麼辦？」

「什麼事？」

「您還問什麼事！您不是跟人家做了重要的約定嗎？」

「嗯！」

「如果今夜抓不到武藏的話——」

澤庵摀住她的嘴。

「我知道。如果辦不到，只是把我吊在千年杉上罷了……但是不必擔心，我還不想死呢！」

「那至少得去找找吧？」

「找？找得到嗎——在這山裏？」

「我眞是不瞭解您呀！如果是我，一定是胸有成竹，才有膽量這麼做。」

「對了！就是膽量。」

「難不成澤庵師父只是因爲有膽量才這麼做的嗎？」

「嗯！可以這麼說。」

「唉喲！擔心死了！」

當初，阿通心想他至少有點自信，所以暗中還認爲可以信賴他。這下子，她可眞開始擔心了！

——這個人瘋了嗎？

有時候，精神有些失常的人，會以爲自己就像偉人一樣，而高估了自己。澤庵師父搞不好就是這種人。

阿通開始懷疑起來了！

可是，澤庵仍然怡然自得地烤著火。

「半夜了吧？」

他喃喃自語，好像現在才意識到時間。

「是呀！馬上就要天亮了！」

阿通故意這麼強調。

「奇怪……」

「您在想什麼？」

「差不多該出來了！」

「武藏哥哥嗎？」

「是啊！」

「誰會送上門來束手就擒呢？」

「不，不是這樣。人的內心其實是很脆弱的。人的本性絕不喜歡孤獨，何況是被周圍所有的人鄙視、追趕，又被困在冰冷世界以及刀刃之中的人？……奇怪？……看到這溫暖的柴火，應該不會不來呀！」

「這不是澤庵師父自己一廂情願的想法嗎？」

「不是。」

突然，澤庵大師聲音充滿自信地搖頭。他一否定，阿通反而覺得欣慰。

「想必，新免武藏一定來到附近了！只是，他不知道我們是敵是友？他又無奈，又疑神疑鬼，也不能開口問我們，只能躲在暗處偷看……對了！阿通姑娘，妳插在腰帶上的東西借我看一下。」

「這隻橫笛嗎？」

「嗯！就是那支笛子。」

「不行！只有這個，誰都不能借！」

5

「爲什麼？」

澤庵一反常態，語氣非常固執。

「不爲什麼！」

阿通搖搖頭。

「借我一下可以吧！笛子愈吹音色愈好，又不會壞掉。」

「但是……」

阿通手護著腰帶，仍不答應。

她的笛子從來不離身的。對她來說，這是多麼重要的東西呀！以前阿通跟澤庵談到自己的身世時，曾經提過笛子。所以，澤庵很瞭解她的心情，但是他認爲現在借用一下也無妨。

「我不會亂用的，看一下就好了！」

「不行！」

「說什麼都不行嗎？」

「對！……說什麼都不行！」

「這麼堅持？」

「是，我很堅持。」

「要不然……」

澤庵終於讓步說道：

「阿通姑娘自己吹也可以，吹一首曲子。」

「不要。」

「這樣也不要呀？」

「對！」

「什麼原因？」

「會哭，沒法吹的。」

「嗯……」

澤庵憐憫她是個孤兒才會這麼頑固。現在他更深深的體會到，她頑固的心靈充滿冰冷和無助，這才渴望擁有。而且經常會又深切又強烈地渴望孤兒欠缺的東西。

孤兒欠缺的便是愛。阿通心裏，有她不認識的、假想的雙親。在這種情形下，她不斷的呼喚雙親，而雙親似乎也在呼喚她。但是她卻無法體會眞正的骨肉之情。

那笛子其實是她雙親的遺物。親人唯一的形體就是這笛子。聽說在她還是嬰兒的時候，還看不清光線，就像小貓一樣被人丟在七寶寺的屋簷下。那時，她的腰帶上，就插著這支笛子。

這麼說來，這笛子對她而言，是將來尋找血親的唯一依據。而且，在還沒找到親人之前，笛子就是雙親的形體，而笛聲就是雙親的聲音。

——吹了會掉眼淚。

阿通不想借人，也不想吹。他非常瞭解這種心情，也十分可憐她。

「……」

澤庵沈默不語。

今夜是第三天，薄雲籠罩之下，珍珠色的月亮顯得格外朦朧。秋去春來的野雁，此時也要離開日本，從雲端不時傳來牠們的啼叫聲。

「……火又快熄了！阿通姑娘！再丟些枯木進去……咦？……怎麼啦？」

「……」

「在哭嗎？」

「……」

「讓妳想起傷心事了！我不是有意的。」

「……不，澤庵師父……是我太固執了，我也不對。請拿去吧。」

她從腰間抽出笛子，遞到澤庵手上。

那笛子放在一個褪色的金線織花錦袋裏。布已破爛不堪，綁的繩子也斷了！裏頭的笛子帶著古雅的味道，令人懷念。

「哦！……可以嗎？」

「沒關係。」

「那麼，阿通姑娘順便吹一首吧！我聽就好了……就這樣子聽。」

澤庵沒接過笛子，只側過頭，抱住自己的膝蓋。

6

平常要是有人吹笛子給澤庵聽，他一定會在未吹之前，先開點玩笑。可是，現在他卻閉著眼睛，洗耳恭聽，阿通反而覺得不好意思了。

「澤庵師父笛子吹得很好吧？」

「還不錯。」

「那麼，您先吹給我聽。」

「別這麼謙虛。阿通姑娘不是花了不少功夫學過嗎？」

「是的。清原流的老師，曾經在寺裏借住了四年。」

「那一定吹得很不錯了！妳一定會吹獅子、吉簡這些秘曲了？」

「還不會——」

「反正，只要吹妳喜歡的。不，吹的時候，試著把自己心中的悶氣都從笛子的七個孔吹出來。」

「對！我也想這麼做。如果我把心中的悲傷、怨恨、嘆息都吹掉，一定會很舒暢。」

「沒錯。把氣發出來是很重要的。一尺四寸的笛子，就像一個人，也代表宇宙萬象。笛子的干、五、上、開、六、下、口等七個孔，就像人們的五情詞彙和兩性的呼吸。妳看過《懷竹抄》吧？」

「不記得了！」

「那本書開宗明義寫著：笛子是五聲八音的樂器，能調和四德二調。」

「您好像是笛子老師喔！」

「我啊！是壞和尚的典範。來，讓我看一下妳的笛子。」

「請看。」

一拿到手，澤庵馬上說：

「嗯——這是珍品。把這個放在棄嬰身上，似乎可以瞭解妳父母親的人格。」

「我的笛子老師也讚美過，眞的那麼珍貴嗎？」

「笛子也有它的姿態和性格。拿在手上，馬上可以感覺出來。以前，鳥羽院的蟬折，小松殿的高野丸，以及清原助種的驅蛇笛，都是珍貴的名器。最近世間充滿殺戮之氣，澤庵我說是第一次看到這種笛子也不爲過。還沒吹，身體就開始顫抖。」

「被您一說，笨拙的我就更不敢吹了。」

「有沒有銘文呢……星光太暗，看不清楚。」

「有小小的『吟龍』兩字。」
「吟龍？……原來如此。」
說畢，他把笛鞘連同袋子交回她手中。
「來吧！吹一曲。」
他神情嚴肅。阿通被澤庵認眞的態度感染——
「我吹得不好，請多包涵……」
她端坐草地，按規矩向笛子行了禮。
澤庵已不作聲，萬籟寂靜。一改常態的澤庵，似乎已不存在。他的黑影，看起來就像這山中的一塊岩石。
「……」
阿通把嘴唇貼到笛子上。

7

阿通白皙的臉轉向側面，慢慢地擺好吹笛的姿勢。她的雙唇溼潤了吹孔，首先調整內心情緒的阿通，跟平常不太一樣。藝術的力量，蘊含著一分威嚴。
「我要吹了……」

她鄭重地向澤庵說道：

「吹得不好，請多包涵。」

「……」

澤庵只是默默地點頭。

悠揚的笛聲響了起來。

她細長白皙的手指，像一個個活蹦亂跳的小精靈踩著七個洞孔跳著舞。

澤庵隨著低低的像潺潺流水的聲音，自己好像也變成流水，穿梭在溪谷間，悠游在淺灘中。而當甲音上揚的時候，整個人的魂魄又似乎被勾上蒼穹，與白雲嬉戲。接著，天地之聲相繼而出，猶如蕭颯的松風，低吟著世事的無常。

澤庵一直閉著眼，聽得入神。這令他想起以前，三位博雅卿在朱雀門的月夜裏，邊走邊吹著笛子，門樓上有人也吹笛跟他應和。他跟那人交談，繼而交換笛子，兩人興致高昂，從夜晚直吹到天明。後來才知道那是鬼的化身，此事便成爲名笛傳說。

連鬼都會爲音樂所動，何況是聽這佳人的橫笛，具有七情六欲的人子，哪能不被它感動？

澤庵如此感受，突然悲從中來。

雖然沒掉淚，他的頭卻漸漸地埋入兩膝之間，兩手忘我的緊抱著膝蓋。

火堆在兩人中間，已快燃盡。阿通的臉反而變得更紅，她也沈醉在自己吹出來的聲音當中，已分不清她是笛子，還是笛子是她。

母親在何方？父親在何方？笛聲在空中呼喚著親生父母。它聽起來又像——在怨嘆拋棄自己、留在他鄉的無情男子，纏綿地述說著受騙少女內心的傷痛。

還有，還有其他的。

笛聲也在問著，將來——這個受傷的十七歲少女——無親無故的孤兒——要怎麼活下去，要怎麼才能和一般人一樣，實現一個女人的夢想？

裊裊的笛聲，述說著這一切。不知是陶醉於藝能，還是這些情感擾亂了她的思緒，阿通的呼吸有點疲倦了。髮根滲出了薄薄的汗水，此時，她的臉頰映出兩道清淚。

長長的曲子還沒結束，時而嘹亮，時而淙淙，時而嗚咽，不知休止。

這時候——

離即將熄滅的火堆十二、三尺遠的草叢裏，有野獸爬行的聲音。

澤庵即刻抬頭，注視那黑色物體，接著靜靜的舉起手，對著他說：

「在那兒的人，草叢中想必很冷吧！別客氣，到火旁邊來，聽我的話。」

阿通覺得奇怪，停止吹笛。

「澤庵師父，您自言自語在說什麼？」

「妳沒發現嗎？阿通姑娘，剛才武藏就在那兒聽妳吹笛子呢！」

他指給她看。

阿通不自覺跟著轉頭，望向草叢，突然，她回過神來，大叫一聲：

「啊——」

還把手上的笛子，扔向那個人影。

8

阿通大叫一聲，可是藏在那兒的人，似乎比她受到更大的驚嚇，立刻從草叢中，像鹿一般一躍而起，準備逃走。

澤庵沒想到阿通會大叫，眼看好不容易進網的魚就要溜掉了，心中一急。

「武藏！」

他用盡全身的力氣大叫：

「等一等！」

他連續大叫的言詞也充滿魄力。這不知是該稱之為聲音的壓制力，還是束縛力，總之是一股無法掙脫的力量。武藏雙腳就像被釘在地上一般，回過頭來。

「？……」

他的眼睛炯炯發光，直盯著澤庵和阿通。眼神中充滿猜疑，殺氣騰騰。

「……」

澤庵叫他之後，就保持沈默，兩手環抱在胸前。而且只要武藏瞪著他們看，他的眼光也不放過對方，就連呼吸的速度都要一致了！

後來，澤庵的眼尾，漸漸地出現了極其親切的皺紋，環抱的雙手也放了下來。

「出來吧！」

他向對方招手。

這突如其來的舉動，令武藏眨了一下眼睛。全黑的臉上，出現了異樣的表情。

「要不要過來這裏？過來，一起同樂吧！」

「……」

「有酒，也有食物喔！我們不是你的敵人，跟你也無冤無仇。圍著火，一起聊聊吧！」

「……」

「武藏。……你靈敏的直覺沒有失去吧！這裏有火、有酒，也有食物，又充滿溫情。你把自己推入地獄，把整個世界扭曲了。不說這些大道理了！你是聽不進去的。來烤火吧！……阿通姑娘！把冷飯放到剛才煮好的芋頭湯裏，快做些芋頭粥。我肚子也餓了！」

阿通架好鍋子，澤庵則在火上溫酒。看著兩人那種平和的樣子，武藏才放下心來。他一步一步地靠過來，這回卻因爲有點不好意思，而顯得羞澀，駐足不前。澤庵把一塊石頭滾到火邊，拍拍他的肩。

「來！坐吧！」

武藏順從地坐了下來，但是阿通卻無法抬頭看他，她覺得好像在面對一隻出了籠的猛獸。

「嗯，好像煮好了！」

澤庵打開鍋蓋，用筷子戳了一個芋頭，放到嘴裏，邊吃邊說：

「嗯，煮得好爛。怎麼樣？你也吃吧！」

「……」

武藏點點頭，首次見他微笑，露出白色的牙齒。

9

阿通盛了一碗遞給武藏，他邊吹邊吃著熱騰騰的稀飯。

拿著筷子的手在顫抖，牙齒也咔咔地碰撞著碗，可以想見他是多麼饑餓。平常我們會說眞可憐，但是現在，他那種發自本能的顫抖，令人覺得可怕！

「好吃吧？」

澤庵先放下筷子，向他提議：

「喝點酒吧！」

「俺不喝酒。」

武藏回答。

「不喜歡嗎？」

他問道。武藏搖頭，在山上躲了幾十天，他的胃似乎已受不了強烈的刺激。

「托您的福，身體暖和多了！」
「不吃了嗎？」
「吃飽了——」
武藏將碗還給阿通——
「阿通姑娘……」
他又叫了她一次。
阿通低著頭回答：
「是。」
聲音低得幾乎聽不到。
「你們來這裏做什麼？昨晚俺也看到這邊有火。」
武藏這一問，把阿通嚇了一跳，不知該怎麼回答，正急得發抖，澤庵在一旁毫不掩飾地說：
「老實說，我們是來抓你的！」
武藏卻一點也不驚訝。他默默地垂著頭——用懷疑的眼神看著兩人的臉。
澤庵雙膝轉向他，跟他商量。
「怎麼樣？武藏！一樣是被捕，何不屈服我的法繩之下？國主的法規也是法，佛的戒律也是法。雖然同樣要繩之以法，我的綁法還是比較人道的喔！」
「俺不要！」

武藏憤然搖頭，澤庵安撫他：

「好、好！你先聽我說。我瞭解你的心情，你是被燒成舍利子也要反抗的。但是，你勝得了嗎？」

「勝得了什麼？」

「憎惡你的人，還有領主的法規，還有你自己本身，你勝得了嗎？」

「俺失敗了！俺……」

武藏呻吟著，一臉的悲慘，哭喪地皺著眉。

「最後只有砍頭吧！本位田家的伯母，還有姬路的武士，都說砍！砍死這個可恨的傢伙！」

「那你姊姊該怎麼辦呢？」

「咦？」

「你姊姊阿吟被關在日名倉的山牢裏，要怎麼辦？」

「……」

「那個性情溫和，一直想念你這個弟弟的阿吟姑娘……。不，不只她，還有播磨的名族赤松家的支流，平田將監以來的新免無二齋的家名，你要怎麼交代？」

武藏用黝黑的手摀著臉。

「……不，不知道！……這，這些事，會怎麼樣？」

他消瘦的雙肩劇烈地抖動著，哭喊著回答。

此時，澤庵握緊拳頭，突然從旁對著武藏的臉猛打了一拳。

「你這個大混蛋！」

他大聲斥喝。

武藏嚇了一跳，差點跌倒，澤庵乘勢又狠狠地補上一拳。

「你這個莽漢，不孝子！我澤庵要代替你父親、母親，還有你的祖先，好好教訓你。再吃一拳！痛不痛？」

「好痛！」

「知道痛表示你還有點人性——阿通姑娘！把那繩子給我——妳在怕什麼？妳看武藏已經被我縛住了。不是用權力的繩子，而是用慈悲的繩子——不必怕也不必覺得可憐！快點拿給我！」

被制服的武藏只顧閉著眼。他要是反擊，澤庵那個體型，一定會像皮球一樣，被他踢得老遠的。

但是，他卻精疲力盡，乖乖地伸出雙手雙腳——眼角還不斷地流下淚水。

千年杉

1

一大早，七寶寺的山上便傳來噹噹的鐘聲。這不是例行的鐘聲，而是表示第三天的期限到了。不知是吉報？還是凶報？村裏的人都喊著：

「你聽！」

大家爭先恐後跑到山上。

「抓到了！武藏抓到了！」

「哦！眞的嗎？」

「誰讓他束手就縛的？」

「是澤庵師父呀！」

本堂前，人羣不斷圍攏過來。武藏像頭猛獸被綁在階梯的欄杆上，大家盯著他。

「哦——」

有的人像見到大江山的鬼一樣，嚥了一口水。

澤庵笑嘻嘻的坐到台階上：

「各位父老，這下子你們可以安心耕種了！」

人們馬上把澤庵當成村子的守護神，英雄般地對他另眼相待。

有人跪在地上，也有人拉著他的手，在他跟前膜拜。

「不敢當！不敢當！」

澤庵對這些盲目崇拜他的人，用力揮著手說道：

「各位父老兄弟，你們聽好。抓到武藏，並不是我了不起，而是天意如此。沒有人能違反世間的法則而得逞。了不起的是法則呀！」

「您這麼謙虛，更加了不起！」

「你們一定要這麼抬舉我，就算我了不起好了。不過，各位，現在有事與你們商量。」

「哦？商量什麼？」

「當初我跟池田諸侯的家臣約好，如果三天內抓不到武藏，處我吊死，如果抓到，任憑我處置武藏。」

「這事我們聽說了！」

「不過，嗯……怎麼辦呢？他人已經被抓到這裏來了，殺他？還是放了他？」

「怎麼可以放了他？」

大家異口同聲大叫。

「一定要殺他！這種可怕的人，讓他活下去有什麼用？只會成爲村子作祟的惡魔罷了！」

「嗯……」

澤庵不知在想什麼，大家已經有點不耐煩了。

「殺死他！」

後面的人大叫。

此時，有個老太婆在混亂中擠到了最前面，瞪著武藏的臉，走到他身邊，原來是本位田家的阿杉婆。她揮動手上的桑樹枴杖：

「光是殺死他，能消除我一肚子的怒氣嗎——這張可惡的臭臉！」

打了他兩、三下耳光之後，又說：

「澤庵大師！」

阿杉這回對著他，一副要吃人的眼神。

「幹啥？阿婆！」

「我的兒子又八，被這個傢伙誤了一生，讓我失去本位田家的香火。」

「哼，又八嗎？那個傢伙沒出息，妳還是另外收個義子比較好。」

「你在說什麼？好壞都是我的兒子。武藏是我兒子的仇人，應該交給我這老太婆來處置。」

剛說完——有人從後方打斷了老太婆的話：「不行！」

群眾似乎害怕碰到那人的衣角，馬上讓出一條路來。原來是搜山的首領八字鬍。

2

他一臉不悅，樣子可怕極了！

「喂！這可不是在看熱鬧！你們這些老百姓全給我退下！」

八字鬍怒罵著。

澤庵也從中打斷：

「不，各位父老，不必退去。我叫你們來，就是要商量如何處置武藏的呀！請留下來。」

「閉嘴！」

八字鬍挺起胸膛，瞪著澤庵、阿杉婆，以及羣眾們說道：

「武藏是犯了國法的大罪人，再加上他是關原的殘黨，更不能隨便交給別人處置。無論如何，都要交給上面的人處理。」

「不行喔！」

澤庵搖頭：

「這不合約定。」

他的態度很堅決。

八字鬍因爲事關自己的利益，所以跳起來：

「澤庵大師！上面的人會付你抓到人的賞金。武藏還是交給我吧！」

澤庵聽到這可笑的說詞，忍不住呵呵大笑。也不回答，只顧著笑。

「不、不准無禮！有什麼好笑？」

「是誰無禮呀？喂！鬍子大人，你想跟我澤庵毀約呀？可以，你試看看！澤庵我抓到的武藏，現在馬上鬆綁放他走！」

村人大驚，紛紛轉身欲逃。

「如何？」

「……」

「我把武藏放了，你跟他一比高下，由你自己抓他。」

「哎！等等！」

「什麼事？」

「好不容易才抓到，您不會眞的把他放了，再次引起騷動吧！……這樣好了，武藏由你斬首，頭可要交給我！」

「頭？……這可不能開玩笑，舉行葬禮是和尚的工作。把屍體交給你處理，我們寺廟就沒生意可做了！」

澤庵像小孩玩遊戲一般，諷刺完了，又對村民說：

「雖然我向各位徵求意見，似乎一下子也作不了決定。就算要殺他，但讓他死得太痛快，老婆婆還是無法消除心中的怒氣——對了！把武藏吊在千年杉的樹梢，手腳綁在樹幹上，風吹雨打個四、五天，再讓烏鴉吃掉他的眼睛，如何？」

「……」

大概是認爲有點殘酷，所以沒有人回答。這時，阿杉婆開口了：

「澤庵大師！你眞有智慧。但是四、五天還不夠，我看應該把他曬在千年杉的樹梢上十天、二十天，最後由我這老太婆來刺穿他的喉嚨。」

她說完，澤庵輕鬆的回答：

「那麼，就這麼決定了！」

他抓住綁著武藏的繩子。

武藏默默的低著頭走向千年杉樹下。

村民們雖然覺得他很可憐，可是先前的憤怒還沒完全消褪。他們立刻用麻繩把他的身體吊到兩丈高的樹梢上，就像吊稻草人一樣。

3

阿通從山上下來回到寺裏進到自己房間的那時起，突然覺得一個人獨處，好孤單，好寂寞。

這是為什麼呢？

一人獨處，也不是現在才開始的。在寺裏，至少還有別人，有燈火。而在山上的三天，都是在寂靜的黑暗中度過，並且只有跟澤庵師父兩個人而已。可是為什麼回到寺裏，反而比較寂寞呢？

這個十七歲的少女，很想搞清楚自己的情緒，她托著臉靠在窗前的小茶几上，半天一動也不動。

我懂了！阿通有點看清自己的心境。寂寞的感覺就跟饑餓一樣，不是外在的東西。心裏不能滿足，就會嘗到寂寞的滋味。

寺廟裏，有人不斷出入，有爐火，也有燈火，看起來很熱鬧。但是，這些卻無法治癒寂寞。

在山上，雖然只有無言的樹，以及雲霧和黑暗，但是卻有澤庵跟她在一起。他的話能一針見血，觸動心靈，比火還光亮，能振奮人心。

我感到寂寞，是因為澤庵師父不在的關係！阿通站了起來。

可是這個澤庵自從處置了武藏之後，就一直跟姬路藩的家臣們在客廳不知商量什麼。回到村子之後，他一直很忙，根本沒法像在山上時一樣，跟自己聊天。

這麼一想，她又坐了回去。此刻她才深深地體會到知己的重要，不求多，一人就好。一個能瞭解自己，能給自己力量，能信任的人——她需要這種知己！

她渴望有這種朋友，幾乎要瘋狂了！

笛子——那雙親的遺物——雖然在她身邊，但是，少女到了十七歲，一根冷冰冰的竹子，已經無法慰藉她的心靈，她需要更真實的對象來分享她的喜樂。

「好狠哪……」

想到這裏，她忍不住要恨起本位田又八的冷血心腸。眼淚溼了桌面，她孤獨憤怒的血液，繃得太陽穴發青，頭開始抽痛起來。

有人悄悄地拉開她身後的拉門。

不知何時，大寺的僧房已滿是暮色。從敞開的門縫，可以看到廚房的燈火紅紅的閃爍著。

「哎呀呀！原來妳在這裏呀？……在這裏待了一整天呀？」

自言自語進到屋裏來的是阿杉婆。

「啊！是伯母呀？」

她急忙拿出坐墊，阿杉二話不說，一屁股坐下，像個木魚。

「媳婦兒！」

她表情嚴肅。

「是！」

阿通似乎有些畏懼，雙手伏地回禮。

「我來是爲了要弄清楚妳心裏的想法，另外有些事要跟妳說。剛才我一直跟那澤庵和尙，還有姬路來的武士們談。這裏的住持連茶也不給我喝，渴死了！妳先倒杯茶給阿婆！」

4

「不是別的事……」

接過阿通奉上的綠茶，阿婆立刻說道：

「武藏那小子說的話，我是不敢相信！不過聽說又八在他鄉還活著呢！」

「是嗎？」

阿通反應冷淡。

「不，即使他死了，妳還是要以又八的新娘身分，由這寺廟的大師當妳的父母，堂堂正正的嫁到本位田家來。今後無論如何，妳都不會有二心吧？」

「是……」

「眞的不會吧？」

「是……的……」

「這樣我就放心了！還有，世間愛講閒話，如果又八一時回不來，我一個人也有諸多不便，老是依靠出嫁了的女兒也不是辦法。所以，最近妳就離開寺廟，搬到本位田家來。」

「是……我嗎？……」

「還有其他人會嫁到本位田家嗎？」

「但是……」

「是不是討厭跟我一起生活？」

「沒……沒這回事，但是……」

「妳先整理東西吧！」

「可不可以等又八哥哥回來之後？」

「不行！」

阿杉嚴肅的說：

「我兒子回來之前，不能有男人玷污妳的身體。監督媳婦的素行是我的責任。妳應該在我這婆婆的身邊，在我兒回來之前，學習種田、養蠶、針線、生活禮儀，我什麼都教妳。好嗎？」

「好……好的……」

萬分無奈的阿通，連自己都聽出聲音裏已帶著哭調。

「還有。」

阿杉用命令的口吻說道：

「關於武藏的事，那個澤庵和尚葫蘆裏不知賣的是什麼藥？阿婆我搞不清楚。剛好妳是這寺裏的人，武藏嗚呼哀哉之前，妳給我牢牢的盯住他——半夜一不留神，那個澤庵不知會做出什麼事來呢！」

「這麼說來……我不必現在就離開寺裏了？」

「一次做不了兩件事。武藏的頭落地的那天，就是妳帶著行李到本位田家來的日子。瞭解嗎？」

「我可是把事情都說清楚了喔！」

「瞭解。」

阿杉又再確定了一次才離去。

接著──窗外有個人影出現，似乎早在等這個機會。

「阿通！阿通！」

有人在輕聲呼喚她。

她探頭一看，原來是八字鬍站在那兒。他突然隔窗用力握住她的手：

「以前受妳不少照顧。藩裏來了公文，我不得不回姬路了！」

「啊！是這樣呀……」

她想把手縮回來，八字鬍卻抓得更緊。

「藩裏得知這件事，要我回去詳細報告。要是能帶著武藏的首級回去，我不但風光，而且也好交代。但那個澤庵和尚，說什麼也不交給我。……不過，只有妳是站在我這邊的吧？……這封信，等會兒到沒人的地方再看。」

八字鬍塞了個東西到她手上，便鬼鬼祟祟的往山下跑走了！

5

好像不只一封信，還包著重重的東西。

她很瞭解八字鬍的野心。心裏有點害怕，戰戰兢兢地打開一看，裏頭包著一枚耀眼的慶長大金幣。

信裏寫著：

請照我的話，在這幾天內，偷偷取下武藏的首級，趕緊送到姬路城下來。

我想妳已經很瞭解我對妳的心意了，在池田侯的家臣中，只要提到青木丹左衛門，無人不知我是年餉一千石的武士。

如果說妳是我借宿時候娶的老婆，他們一定會相信，妳會馬上成爲享祿千石的武士夫人，榮華富貴享受不盡。我說的都是眞心話，以此信爲證物。還有，武藏的首級，爲了妳未來的丈夫，妳一定要帶來喔！

匆忙提筆，簡此相告。

丹左

「阿通姑娘，吃過飯了嗎？」

外頭傳來澤庵的聲音，阿通邊套上草鞋邊走出去，對澤庵說：

「今晚不想吃。頭有點痛——」

「那是什麼?妳手上拿的。」

「信。」

「誰的?」

「您要看嗎?」

「如果妳不介意的話。」

「一點也不。」

阿通交給他,澤庵看完後大笑。

「他是無計可施,所以想用色欲收買阿通姑娘吧!看了這信才知道八字鬍的名字叫青木丹左衛門呢!世上也有奇怪的武士。不管怎樣,這還是值得高興的事。」

「這沒什麼。可是他信裏夾著錢,這個要怎麼辦呢?」

「哦!是一大筆錢呀!」

「眞傷腦筋……」

「妳是說錢該怎麼處理嗎?」

澤庵把錢拿過來,向本堂前走去,作勢把錢丟到香油錢箱裏,之後又把那錢貼在額頭上,拜了拜。

「好了,這錢妳拿著,不會有事的。」

「可是,我擔心以後會和他牽扯不淸。」

「這錢已經不是鬍子的了。剛才我已經把錢獻給如來佛，又從如來佛那兒收到這個錢，妳就把它當作是護身符吧！」

他把錢塞到阿通的腰帶裏。

「……啊！今夜起風了！」

他仰望天空說道。

「好久沒下雨了……」

「春天也過了，下場大雨，把散落的花瓣和人們的惰氣都給沖洗乾淨也不錯！」

「如果下大雨，武藏怎麼辦？」

「嗯，那個人嗎？」

兩人不約而同抬頭望向千年杉。就在此時，立於風中的喬木上，傳來人聲：

「澤庵！澤庵！」

「咦！武藏嗎？」

他瞪大眼睛瞧著。

「混帳和尚！你這個澤庵假和尚！我有話要告訴你。你到樹下來——」

風吹得樹梢不停搖晃，武藏的聲音聽起來格外淒厲。杉葉不斷掉落下來，打在大地和澤庵的臉上。

6

「哈哈！武藏，你看起來很有精神嘛！」

澤庵踩著草鞋，走向發出聲音的樹下。

「你看起來是很有精神，但這該不是因爲對死亡過於恐懼而神經失常吧？」

他走到適當的位子，抬頭仰望。

「閉嘴！」

武藏再次喊道。

應該說他充滿怒氣，而不是有精神。

「如果我怕死，爲什麼要受你捆綁呢？」

「接受捆綁，是因爲我強你弱。」

「你這和尙！在胡扯什麼？」

「聲音好大呀！如果你嫌剛才的說法不好，那麼換一種好了，因爲我聰明，你太笨！」

「哼！你再說說看！」

「好了好了！樹上的猴子先生，經過一番折騰，還不是被五花大綁吊在這棵大樹上。你還能怎麼樣？眞丟臉喔！」

「聽著！澤庵！」

「哦！啥事？」

「那個時候，如果我武藏想跟你拚的話，要把你這個爛黃瓜踩碎，可是不費吹灰之力喔！」

「沒用的，已經來不及了。」

「你……你說什麼？……你這和尚花言巧語騙我自己束手就縛，我眞沒想到會活生生受這種恥辱。」

「繼續說……」

澤庵若無其事的說道。

「可是，爲什麼？……爲什麼不快點砍掉我武藏的頭呢？……我原來想，一樣要選擇死，與其落到村裏的傢伙或是敵人的手裏，不如把自己交給你這個看起來蠻有武士風範的和尚。沒想到我錯了。」

「錯的只有這些嗎？你不認爲你以前所作所爲都是錯的嗎？你掛在那兒，好好反省一下。」

「囉嗦！我自認問心無愧。雖然又八的母親罵我是仇敵，但是，把又八的消息告訴他母親是我的責任，是朋友應盡的道義，所以我才會闖崗哨，回到村子來——難道這也違背武士之道嗎？」

「不是這些枝枝節節的小問題。從大處看，你的內心——本性——也就是你的根本想法就錯了，看來好像模仿了一、兩樣武士的表面行徑，其實什麼都沒學到。反而自己認爲充滿正義感。越是用武力解決，就越傷害自己，越給別人帶來麻煩，最後落得束手就縛的下場……怎麼樣？武藏，上面視野不錯吧？」

「臭和尚！你給我記住！」

「在你被曬成肉乾之前，在上面好好地看看這個十方世界有多廣大。從高處俯瞰人間世界，反省反省吧！死後，去見你的祖先時，告訴他們，你臨死的時候，有個叫澤庵的男子叫你做這些事。他們一定會因爲你受了良好的引導而感到欣慰。」

——在此之前，一直像個化石般畏縮地站在後面的阿通，突然跑過來尖聲地大叫：

「太過分了！澤庵師父！你說的話我全聽到了。對一個無力抵抗的人來說，太殘酷了……你、你不是個出家人嗎？而且武藏剛才說過，他是因爲相信你，才乖乖就縛的呀！」

「妳說這些，是要護著他呀？」

「你一點也不慈悲……你要是再說這些，我會討厭你的。武藏也覺悟了，要殺他就乾脆一點！」

阿通臉色大變，向澤庵撲了過來。

7

少女的情感最容易激動。她鐵青著臉，淚汪汪的撲向對方的胸膛。

「囉嗦！」

澤庵的表情從來沒這麼可怕。

「女人懂什麼？妳給我閉嘴！」

他罵道。

「不要！不要！」

她用力搖頭，阿通也不像平常的阿通了。

「我也有權利講話。在虎杖草牧原，我也努力了三天三夜呀！」

「不行！不管誰講什麼，武藏都得由我澤庵處置。」

「所以說，要砍頭就快砍，不是很好嗎？把人弄得半死不活，以折磨人爲樂，太不人道了！」

「這就是我的毛病。」

「什麼？你太無情了！」

「妳給我退下！」

「我不要！」

「妳這個女人，又開始固執了！」

澤庵用力把她甩開，阿通踉蹌跌向杉樹，哇——的一聲，整個人靠在樹幹上哭了起來。

她沒想到連澤庵都這麼無情。原來以爲他只是在村民面前把武藏先綁在樹上，最後一定會做合理的處置。沒想到這個人現在竟然說他的毛病就是享受這種樂趣，令阿通心寒不已。

她百分之百相信澤庵，現在連他都令人厭惡，就等於全世界都令人厭惡一樣。她已經不再信任別人了，她哭倒在絕望的谷底。

但是——

她突然從靠著哭泣的樹幹上，感受到一股莫名的情熱。這個被綁在千年杉上面的人——從天上擲下凌厲聲音的人——武藏的熱血正透過這個十個人也環抱不了的大樹幹直通下來。

他就像個武士的兒子，純潔而且充滿信義。想起他被澤庵師父捆綁時的樣子，還有剛才說的那些話，這個人才是有血、有淚、有感情的男子漢。

以前受大家影響，自己也錯怪武藏了——這個人哪裏像惡魔，讓人這麼憎恨？大家怎會把他當成野獸，這麼懼怕他，還要去追捕他呢？

「……」

她的背和肩膀因哭泣而不斷起伏，阿通緊緊抱著樹幹。她兩頰的淚水不斷滴到樹皮上。

樹梢發出了颯颯聲，好像天狗（譯註：想像中的怪物，似人、高鼻、紅臉，可以自由在空中飛翔）在搖這些樹一樣。

啪！斗大的雨滴，打在她的領子，也打在澤庵的頭上。

「哦！下雨了！」

澤庵用手遮著頭。

「喂！阿通姑娘！」

「……」

「愛哭的阿通！就因爲妳太愛哭，連老天都陪妳哭了！起風了，這下子要下大雨嘍！趁還沒淋溼，快點走吧！別護著即將死去的人了！快點過來。」

澤庵用法衣蒙著頭，逃難似地跑進本堂。

雨唰唰地下著，黑暗的天邊，朦朧地露出白色的雲帶。

阿通任由雨水啪啪地打在背上，依然靜止不動——當然，樹上的武藏也無法動彈。

8

阿通怎麼樣也無法離開那兒。

雨滴滲過她的背，浸溼了她的肌膚。但是，一想到武藏，這已不算什麼。可是，武藏受苦，為何自己也要跟著受苦呢——她卻沒時間考慮這麼多。

這個少女突然發現一個極為出色的男性形象。她心想這個人才是眞正的男子漢，同時，她眞心期待武藏不要被殺。

「他太可憐了！」

她繞著樹走動，不知如何是好。仰望上頭，風雨交加，武藏連個影子也看不到。

「武藏哥哥！」

她不覺叫了出來，可是沒有回答。武藏一定也把自己看成本位田家的一分子，認為自己跟村裏的人一樣，是個冷酷無情的人。

「受這種風雨吹打，那能熬得了一個晚上……啊！世間這麼多人，難道沒有人願意救武藏嗎？」

阿通突然跑回去。風像在追她一樣，吹個不停。

寺廟後面，僧房和方丈房都門戶緊閉。溢出排水管的雨水，像瀑布一般貫穿到地面。

「澤庵師父！澤庵師父！」

阿通從外面猛敲澤庵的房門。

「誰呀？」

「是我，阿通！」

「啊！妳還在外面呀？」

他立刻開門，看看水氣瀰漫的走廊：

「唉呀！下得好大呀！雨會打進來的，快進來！」

「不要，我是來拜託您的。澤庵師父！請您把他放下來。」

「誰？」

「武藏。」

「豈有此理！」

「我會感激您的。」

阿通在雨中對著澤庵下跪，雙手合十。

「求求您……我怎麼樣都沒關係……請救救他！救救他！」

雨聲蓋過阿通的哭聲，但是，阿通卻像個瀑布下的修行人，合緊雙掌。

「我拜託您，澤庵師父，我求您！只要我能做的事，我什麼都願意做……請、請您，救救那、那個人！」

雨點不斷地打入她嘴裏。

澤庵像石頭一樣靜止不動，緊閉著眼睛，像一尊神像。後來才大大地嘆了一口氣，終於睜開眼睛，說道：

「快去睡吧！妳的身體又不強健，繼續淋下去會生病的。」

「如果……」

阿通捱到門邊。

「我要睡了，妳也睡吧！」

他重重地關上門。

然而阿通卻沒妥協，也沒屈服。

她竟然鑽進地板下的隙縫中，爬到澤庵的寢鋪附近。

「我求求您！我這一生唯一的請求……澤庵師父！如果您不答應就太不人道了……您是鬼……您是冷血動物。」

本來澤庵忍著不動聲色，這下子看來是睡不成了，他終於發火跳起來，怒斥道：

「來人呀！我房間的地板下有小偷呀！快給我抓住啊！」

樹石問答

1

經過昨夜那一場風雨，春天的氣息被洗得無影無蹤。今早，酷熱的陽光直射額頭。

「澤庵師父！武藏還活著嗎？」

天一亮，阿杉婆就一副幸災樂禍的樣子來寺裏到處張望，想看熱鬧。

「哦！是阿婆呀？」

澤庵走到走廊，繼續說道：

「昨夜的風雨可眞大呀！」

「這場風雨來得正是時候。」

「但是，豪雨再怎麼大，也不會一夜兩夜就把人淋死。」

「下那麼大雨，他還活著呀？」

阿杉婆滿臉皺紋，眼睛瞇成一條線，望著千年杉的樹梢，說道：

「他像條抹布掛在樹上，沒有動靜耶！」
「烏鴉還沒去啄他的臉，可見武藏一定還活著。」
「太謝謝您了！」
阿杉婆邊點頭，邊窺視裏面，問道：
「沒看到我媳婦，可不可以幫我叫一下？」
「媳婦？」
「我家的阿通呀！」
「她還不是本位田家的媳婦吧！」
「再過一陣子，就要把她娶進門了！」
「妳兒子不在，妳娶媳婦進門，跟誰結婚呀？」
「你這個流浪和尚就別管這些閒事了！阿通在哪裏啊？」
「大概在睡覺吧！」
「這樣子呀？」
她一個人自圓其說：
「我吩咐她晚上要好好看著武藏，所以白天想睡覺也是理所當然的……澤庵師父！白天就由你看著他吧！」
阿杉走到千年杉下，仰頭望了一陣子，終於拄著桑樹枴杖回村子去了。

澤庵則一進房間，直到晚上都沒有露面。

只有一次，村裏的小孩跑來用石頭丟千年杉樹梢時，他曾打開格子門大聲斥責：

「鼻涕鬼！幹什麼？」

之後，格子門就整天沒再開過。

在同一棟屋子裏的阿通房間，格子門今天也是緊閉著，不過小和尚們倒是忙進忙出地端藥送粥。昨夜的傾盆大雨中，寺裏的人發現了阿通，硬是把她拉進屋裏，住持還狠狠地說了她一頓。結果阿通染了風寒，發燒躺在牀上，無法起身。

今夜的天空，一反昨夜的大雨，明月皎潔。寺裏的人都熟睡後，澤庵書看累了，便穿上草鞋，走到屋外。

「武藏——」

他一叫，杉樹高處的樹梢搖晃了一下。閃亮的露珠紛紛落下。

「可憐蟲，連回答的力氣都沒了嗎？武藏！武藏！」

這一來，對方大聲回答：

「幹啥？臭和尚！」

武藏怒吼，力氣一點也沒衰竭。

「哦——」

澤庵再次抬頭。

「聲音還很宏亮嘛！看來還可以撐五、六天吧！對了……你肚子餓了嗎？」

「少嘍嗦！和尚，快把俺的頭砍下吧！」

「不行不行！不能隨便亂砍頭。像閣下這樣的莽漢，搞不好就是只剩個頭，還會追殺過來呢……來賞賞月吧！」

澤庵坐到一塊石頭上。

2

「哼！你要怎麼樣？你給俺記住！」

武藏的身體被綁在老杉上，他使盡全力，搖得樹梢上下晃動。

杉樹皮、樹葉紛紛落到澤庵頭上。澤庵彈去領子上的落葉，仰頭說道：

「對了、對了！不這樣發發怒氣，就看不出眞正的生命力，也表現不出人的味道。最近的人呀！不是成了不會生氣的知識分子，就是裝出人格崇高的樣子。要年輕人模仿這種老氣橫秋的舉止，眞是豈有此理。年輕人不會發怒是不行的呀！再發怒啊！再多發怒啊！」

「哼！俺會把這繩子扯斷，跳到地上，把你踢死。你等著瞧吧！」

「有出息！我等著瞧——對了！要繼續嗎？繩子還沒斷之前，你可別斷氣啦！」

「你說什麼!?」

「好大的力氣，樹在動了。可是，大地卻沒受影響呀！這是因爲你的怒氣只是私人的怒氣，所以非常微弱。男子漢的怒氣，必須是爲公衆而憤怒。爲了個人小小的感情問題就發怒，那是女性之怒。」

「你有屁盡管全放出來——我們走著瞧！」

「算了吧！武藏，這樣只會徒增疲累。不論你再怎麼掙扎，別說天地了，連這喬木的一根樹枝都不可能斷呢！」

「哼……」

「以你這麼大的力氣，即使不爲國家，至少也要貢獻給他人。要是如此，別說天地，連神明都會爲之動容——更何況是人呢？」

澤庵開始用說教的口吻了。

「眞可惜！你有幸生爲一個人，卻仍跟山豬、野狼一樣，野性不改。連一步都沒進到人類的世界，年紀輕輕就即將在此了結一生了！」

「囉嗦！」

他從高處吐了一口口水，但是，口水在半途就化成一團霧氣了。

「聽好，武藏——你太高估自己的能力了！你一直認爲這世上沒有人強過自己……結果怎麼樣啦？看看你現在的狼狽樣！」

「俺一點也不覺得可恥，俺不是因爲能力不足才輸給你的。」

「不管是輸在策略還是口才，反正輸了就是輸了。證據擺在眼前，不管你怎麼懊惱，我勝了，坐在石板上；你敗了，乖乖被綁在樹上，任由風吹雨打，不是嗎——我們兩個之間到底差在哪裏，你可知道？」

「……」

「比力氣，的確，你是最強的。虎與人是無法比角力的，但是，老虎還是比人類低等呀！」

「……」

「你的勇氣也是如此。以前你的所作所爲，都是因爲不智、不知生命眞諦才表現出的蠻勇。這不是眞勇，也不是武士應有的作爲。眞勇，是指能知恐怖之處，懂得珍惜生命，最後懷抱龍珠，死得其所，這才是眞正的人呀……我說可惜，指的就是這件事。你生來就具有過人的力量和陽剛之氣，但沒學問，只學到武道壞的一面，沒想過要磨磨你的智德。人們常說文武兩道，所謂兩道，不是指兩個道，而是在人生道上將兩者合一——你瞭解了嗎？武藏！」

3

石不語，樹亦不語，黑夜仍然寂靜無聲。沈默持續了一陣子。

終於，澤庵慢條斯理地從石頭上站了起來。

「武藏，你再想一晚看看。想好了，我再來砍你的頭。」

說完，舉步離去。

走了十步，不，大約二十步左右，當他正要走進本堂的時候。

「喂！等一等！」

武藏從樹上叫住他。

「什麼事？」

澤庵從遠處回頭答道。

「請再回到樹下。」

「嗯……這樣嗎？」

接著，樹上的人影突然大聲呼喚：

「澤庵和尚——救救我呀！」

他似乎哭得很劇烈，上空的樹梢搖晃得很厲害。

「俺從現在開始，想要重新活一次……俺現在才瞭解俺生爲一個人是負有重大使命的……俺開始瞭解生命價值的時候，才警覺到這個生命不就被綁在這樹上嗎……啊啊！俺做錯了！已經無法挽救了！」

「你能覺悟，眞是太好了！你的生命可以說現在才晉升爲人類。」

「啊啊！俺不想死！好想再活一次。活著，再重新來一次……澤庵和尚！求求你，救救俺！」

「不行！」

澤庵斷然搖頭。

「人生有很多事是無法重新再來過的。世間任何事都是眞刀眞槍定勝負，你現在就像被對方砍了頭，還想把它接回去一樣。你雖可憐，但我澤庵不會爲你解開繩子。爲免死狀太難看，你還是念念經，靜靜體會生死大義吧！」

澤庵草鞋的聲音逐漸消失，武藏也沒再呼喚他了！

他照澤庵說的，閉上大悟的眼睛，放棄求生的念頭，也放棄死亡的念頭。在蕭颯的林風和滿天星斗的夜空下，只有一股冰涼直滲入背脊。

……好像有人？

樹下有個人影仰望著樹梢，接著抱住千年杉，拚命往上爬。那人看來拙於爬樹，只爬了一點，就和樹皮一起滑了下去。

即使如此——即使手都被樹皮磨破了——那人仍然不屈不撓，一心一意往上攀爬，終於搆到樹枝，再抓住另一枝樹枝，爬上了最高處。

那人喘著氣：

「……武藏……武藏！」

武藏轉向那人，一張臉只剩眼睛還能動，像個骷髏。

「……哦？」

「你會受不了的……武藏，我要救你。你會接受嗎？」

「是我！」

「……阿通姑娘？……」

「逃走吧……你剛才不是說死了會遺憾嗎？」

「逃走？」

「對……。我也無法再待在這個村子裏了……再待下去，我會受不了的……武藏，我要救你。你會接受嗎？」

「哦！把這繩子割斷，快割斷！」

「請等一下！」

阿通單肩背著一個小小的包袱，從頭到腳一身外出旅行的打扮。

她拔出短刀，一刀就把武藏的繩子割斷了。武藏的手腳已無知覺，阿通想支撐他，沒想到兩個人都踏了空，一起從樹上重重掉落下來。

4

從兩丈高的樹上掉下來，武藏竟然還能站得住。他一臉茫然地立在大地上。

接著，他聽到腳旁傳來呻吟聲。低頭一看，阿通手腳趴在地上掙扎，站不起來。

「喔！」

武藏扶她起來。

「阿通姑娘！阿通姑娘！」

「……好痛……好痛啊！」

「摔到哪裏了？」

「不知道摔到哪裏了……但還可以走，沒關係！」

「掉下來的時候，連撞了好幾根樹枝，應該不會受什麼大傷。」

「別管我了！你呢？」

「俺……」

武藏想了一下，說道：

「俺還活著！」

「當然還活著呀！」

「俺只知道這點而已。」

「快點逃吧！越早越好……如果被人看見了，我跟你都會沒命的。」

阿通跛著腳走，武藏也跟著走——默默地、緩緩地，就像失了魂的小蟲，走在秋霜裏。

「你看！播磨灘那邊已經破曉，露出魚肚白了！」

「這是哪裏？」

「中山嶺……已經到山頂了！」

「已經走這麼遠啦?」

「專心一志，竟有這麼大的力量。對了!你已經兩天兩夜沒吃任何東西了!」

經她這麼一說，武藏才感到饑渴難耐。

阿通解開背上的包袱，拿出糯薯。甜甜的餡兒吞到肚裏，武藏感到生之喜悅，拿著糯薯的手不斷顫抖。

俺還活著呀!

他深切體認到這點，同時，他也熱切地期待——從現在開始，俺要重新生活了!

嫣紅的朝陽照著兩人的臉龐。阿通的臉越來越鮮明，武藏突然想到，自己竟然會跟她在這裏，簡直像在做夢，怎麼想都覺得不可思議。

「到了白天，更不能大意。尤其是快要到邊境了!」

武藏一聽到邊境，眼睛突然一亮。

「對了!俺現在要到日名倉關卡去。」

「什麼?……你要去日名倉?」

「俺的姊姊被關在那山牢裏。俺要去救姊姊，阿通姑娘!咱們在此分手吧!」

「……」

阿通心裏有點憤恨不平，默默地瞪著武藏的臉，終於開口說道:

「你眞的要這麼做？如果要在這裏就分手，那我何必離開宮本村呢？」

「可是，這也沒辦法呀！」

「武藏哥哥！」

阿通的眼神逼近他，握住武藏的手，她雙頰和全身發熱，滿懷的熱情，使她不斷顫抖。

「我的心情以後慢慢再談。我不喜歡在這裏分手，不管你要去哪裏，請都帶著我。」

「可是……」

「我求求你！」

阿通合掌說道：

「即使你不喜歡，我也要跟著你。你要救阿吟姊，如果我礙手礙腳的話，我可以先到姬路城等你。」

「好吧……」

說著，武藏正準備離去。

「一言爲定喔！」

「嗯！」

「我在城下邊的花田橋等你！見不到你，一百日、一千日我都會站在那兒等的。」

武藏點頭答應，一逕兒沿著山脊直奔而下。

三日月茶莊

1

「奶奶──奶奶！」

阿杉的外孫丙太光著腳丫，從外面直奔回來。一進門，用手把青鼻涕一抹。

「不好了！奶奶！妳還不知道嗎？還在做什麼呀？」

他對著廚房大叫。

阿杉婆在灶前，正拿著竹筒吹氣生火，回道：

「什麼事呀？大驚小怪的。」

「村裏的人都鬧成這個樣子了，奶奶妳怎麼還在煮飯呀──難道妳不知道武藏已經逃走了嗎？」

「什麼？逃走了？」

「今天一早，武藏已不在千年杉上了！」

「眞的？」

「寺裏的人也是一團混亂，因爲阿通姊姊也不見了！」
丙太沒想到自己說的事，竟然讓奶奶的臉色變得如此可怕，嚇得直咬指甲。
「丙太呀！」
「是！」
「你趕快去叫你娘和河原的權叔快點來。」
阿杉婆的聲音在顫抖。
然而丙太還沒出門，本位田家的門前已經擠滿了人。其中，女婿、還有權叔也在裏面。另外，還有其他的親戚和佃戶，都在那兒嚷著：
「是不是阿通那娘兒把他放走的啊？」
「澤庵和尚也不見了。」
「一定是這兩個人耍的把戲。」
「這下子該怎麼辦呢？」
女婿和權叔等人，扛著祖傳的長槍聚集在本位田家門口，情緒非常激動。
有人對著屋裏問道：
「阿婆！妳聽說了嗎？」
不愧是阿杉婆，她心裏明白這件大事已是事實，便壓抑住滿腹的怒氣，坐在佛堂裏。
「我馬上出去，你們靜一靜。」

她在裏頭回答。接著默禱了一下之後，神態從容地打開刀櫃，打點一些衣裳，來到大家面前。

她把短刀插在腰帶上，繫緊鞋帶，每個人都看得出這位頑固的老婆婆心裏已經有了重大的決定。

「沒什麼好騷動的。阿婆這就去追那個不知廉恥的媳婦，好好懲罰她！」

接著，神態自若地走了出去。

「既然阿婆都要去了，我們就跟隨她吧！」

親戚和佃農們羣情激憤，以這位悲壯的老婆婆爲首，大家沿途撿棒子、竹槍當武器，往中山嶺追去。

然而，已經太遲了！

這些人趕到嶺上時，已經是中午了。

「逃走了？」

大家跺著腳，非常懊惱。

這還不打緊，因爲這兒已是邊境，所以防守的官員阻止他們。

「不准結黨通行。」

權叔出面向防守的官員說明原委。

「如果我們在這裏放棄追討，不但有愧代代祖先，還會成爲村裏的笑柄，本位田家也無法在貴領土待下去了——所以拜託您讓我們通行，直到追到武藏、阿通、還有澤庵三個人爲止。」

他想盡辦法，力圖挽救。

理由可以接受，但法令是不能通融的，防守官員斷然拒絕。當然，如果他們能到姬路城拿到通行證，就另當別論。可是這麼一來，那三個人早就逃之夭夭，根本是遠水救不了近火。

「這樣好了——」

阿杉婆和親戚們商量的結果，決定讓步。

「就我這老太婆和權叔兩個人，是不是就可以自由進出呢？」

「五名以下，可以任意通行。」

防守官員回答。

阿杉婆點點頭，意氣激昂，心情悲壯地準備向大家告別。

「各位！」

她向大家招呼。

2

「我出門離家時，就已經覺悟到，途中定會出這種差錯。所以沒什麼好著急的！」

這一大家族，每個人都神情嚴肅，並排站在那兒望著阿杉婆薄薄的嘴唇和露出的門牙、牙齦。

「我這老太婆，帶著家傳的腰刀，出門之前已經跟祖先牌位告別，也發了兩個誓——一是要嚴懲那敗壞門風的媳婦。二是要確定犬子又八的生死，如果還活在這世上，即使用繩子綁住脖子，也要把他帶回來，好讓他繼承本位田家的家名，再另外娶一個比阿通好上百倍的媳婦，光耀門楣，讓村裏的人瞧瞧，以湔雪今日的恥辱。」

「……不愧是阿杉婆！」

一大群親戚當中，不知是誰如此有感而發。

接著，阿杉目光炯炯，看著女婿說道：

「還有，我和河原的權叔都已年老，爲了完成這兩個誓願，我們不惜花上一年，甚至三年的時間周遊列國，到他鄉去尋找。不在家的時候，由女婿當家，養蠶、耕田不得怠慢。瞭解嗎？各位！」

河原的權叔年近五十，阿杉婆也年過五十。萬一眞的碰上武藏，一定會送命的。所以有人提議再找三個年輕人跟隨比較好。

「不必！」

阿婆搖搖頭。

「說什麼武藏武藏的，他只不過是個毛頭小子，有什麼好害怕的？我阿婆沒力氣，可是有智謀的喔！要對付一、兩個敵人絕對沒問題。這兒——」

她指著自己的嘴唇說道：

「一言旣出，駟馬難追。請你們回去吧！」

她自信滿滿，大家也不再阻止了！

「再見了！」

說完，阿杉婆跟河原的權叔並肩越過中山嶺，向東邊走去。

「阿婆！請多保重呀！」

親戚們在山頂處揮著手。

「要是生了病，一定要馬上派人回來通知喔！」

「再會了，一定要平安回來喔！」

大家聲聲相送。

等這些聲音漸漸遠了，阿杉婆才說道：

「嘿！權叔啊！我們反正會比年輕人早死，就放開心情吧！」

權叔點頭同意：

「是啊！」

這個叔父，現在以打獵維生，但年輕時，可是一名出生入死的戰國武者。他的身體現在還非常硬朗，皮膚還像當年奔馳戰場時一般黝黑，頭髮也沒阿婆那麼白。他姓淵川，名權六。

不用說，本家的兒子又八是自己的親侄子，因此對這次發生的事，做叔叔的當然不能袖手旁觀。

「阿婆！」

「啥事？」

「妳已有所準備，行李都打點好了。但是我只穿著平常的衣物，得找個地方打點一下才行呀！」

「下了三日月山，那兒有個茶莊。」

「對、對！到了三日月茶莊，就可以買到草鞋和斗笠了。」

3

從這裏下山，到了播州的龍野，斑鳩就近了。

然而，春夏之際不算短的白晝，此刻也已日暮西山了。阿杉和阿權在三日月茶莊休息。

「今天絕不可能趕到龍野，晚上只好到新宮附近的客棧，蓋那些臭棉被了！」

阿杉付了茶錢。

「走吧！」

權六也拿起新買的斗笠，正要起身，突然說道：

「阿婆！稍等一會兒。」

「幹啥？」

「我到後面去裝些清水——」

權六繞到茶莊的後面，在竹筒裏裝了些清水。正要回去時，忽然停下來從窗口窺視微暗的屋內。

「是病人嗎？」

有個人蓋著草蓆躺在屋裏，空氣中充滿了藥味。那人的臉埋在草蓆裏，只看到黑髮散亂在枕頭上。

「權叔啊！還不快出來呀？」

阿婆喊著。

「來嘍！」

他跑了出去。

「你在幹啥呀？」

阿婆非常不悅。

「那裏好像有個病人——」

權六邊走邊解釋。

「病人有這麼稀奇嗎？你眞像個貪玩的小孩！」

阿婆斥罵道。

權六在這本家的老人面前，覺得抬不起頭。

「是、是、是！」

連連點頭賠不是。

茶莊前通往播州方向的道路，是個大坡道。往來銀山的人馬不斷行經的結果，雨天到處留下大窟窿，乾涸之後凹凸不平。

「別摔跤了！阿婆！」

「你在說啥呀？我這老太婆可沒像這馬路，已經老態龍鍾了！」

話剛說完，上頭傳來聲音：

「老人家，你們精神可眞好哇！」

抬頭一看，原來是茶莊的老闆。

「喔！剛才勞你照顧了！你要上哪去？」

「去龍野。」

「現在去？……」

「不到龍野，就找不到醫生。現在即使騎馬去，回程也是半夜了！」

「病人是你妻子嗎？」

「不是。」

老闆皺著眉頭說道：

「要是自己的老婆或孩子，也就罷了。那客人原本只在店裏休息一下而已，沒想到給我惹來這麼多麻煩。」

「剛才……老實說我從後院偷看了一下……躺在那兒的是個旅客吧？」

「是個年輕女子。在店前休息的時候，她說身子發冷，我也不能丟著不管，把後面的小房間借給她休息，沒想到燒越來越厲害，好像很痛苦的樣子。」

阿杉婆停下腳步，問道：

「那女子是不是個十七歲左右——而且身材修長的姑娘？」

「沒錯……她說是宮本村的人。」

「權叔！」

阿杉婆對他使個眼色，急忙用手探進腰帶，說道：

「糟了！」

「什麼事？」

「念珠啦！放在茶莊的桌上，忘了拿。」

「哎呀呀！我這就去幫妳拿來。」

老闆正要掉頭回去。

「這怎麼行！你要去找醫生，病人要緊，快走吧！」

權叔早就大步跑回去了。阿杉把茶莊老闆打發走之後，也趕緊跟在後面。

——準是阿通沒錯！

兩人連呼吸都急促起來。

4

阿通自從那夜被大雨淋得全身發冷之後，就一直高燒不退。

在山上和武藏分手之前，她緊張得根本忘了這件事，但是和他分手之後，走沒多久，阿通全身開始痠痛，不得不向這三日月茶莊借宿休息。

「……大叔……大叔……」

她想喝水，夢囈般喚著老闆。

店一打烊，老闆就去找醫生了。剛才，老闆到她的枕邊，告訴她在他回來之前要多忍耐。然而阿通現在發高燒，把這些話都忘記了。

她感到口渴，高熱刺著舌頭，就像薔薇的刺一樣。

「……給我水啊！大叔……」

阿通好不容易爬了起來，伸長脖子望向水喉。

好不容易爬到水桶邊，正伸手要拿竹杓子的時候。

砰的一聲，不知哪個門倒了。山上的小屋，本來就不關什麼門戶的。從三日月坡折回來的阿婆和權六，摸索著進來。

「好暗呀！權叔！」

「等一等！」

他穿著鞋子來到火爐旁，拿了一把柴火照明。

「啊？……不在啊！阿婆。」

「咦？」

這時，阿杉馬上注意到水喉處的門開著一條縫。

「在外面。」

她大叫。

突然，有個人影拿著裝滿水的水杓丟向阿杉的臉，仔細一看，原來是阿通。她就像隻風中的飛鳥，沿著茶莊前的坡道，往反方向逃走了，袖子和裙裾被風吹得啪啪作響。

「畜牲！」

阿杉追到外面走廊。

「權叔啊！你在幹嘛呀？」

「逃走了嗎？」

「什麼逃走了嗎！都是你笨手笨腳被她發現了啦——咦？快！快來幫個忙呀！」

「在那裏！」

他望著像隻鹿般拚命奔逃的黑影。

「沒關係，她是個病人，而且一個女子的腳程，我們鐵定追得上。」

他追到外面，阿杉緊跟在後面說道：

「權叔！你可以殺她一刀，但是要等我阿婆說完滿腹的怨氣，才能砍她的頭喔！」

過了一會兒，跑在前頭的權六回頭大叫：

「糟了！」

「怎麼啦？」

「前面是竹林山谷——」

「她逃進去了嗎？」

「山谷雖淺，但是太暗了！得回茶莊去拿松木火把來才行呀！」

他望著孟宗竹的崖邊自言自語。

「嘿！你慢吞吞的幹什麼呀！」

阿杉說著，往權叔的背用力一推。

「啊！」

從滿地竹葉的山崖滑行下去的巨大腳步聲，終於在下面黑暗之處停了下來。

「臭阿婆！妳在胡搞什麼啊？妳也快點給我下來！」

軟弱的武藏

1

昨天出現，今天又出現了！

日名倉高原十國岩的旁邊，有一團黑色的東西，靜靜坐在那兒，看起來好像是岩石的頭部掉了一塊下來。

「那是什麼啊？」

值班兵們用手遮陽光，猜測著。

很不巧，陽光像彩虹膨脹開來，無法看清楚。有一人隨口說道：

「是兔子吧？」

「比兔子還大，是隻鹿。」

另外一個人說道。

旁邊又有人說，不對、不對，兔子或鹿不會一直靜止不動，還是岩石才對。

「岩石或樹木，不可能一夜之間就長出來呀！」

有人反駁。

這一來大家開始抬槓了。

「岩石一夜之間長出來的例子很多。像隕石，就是從天上掉下來的啊！」

有人回嘴。

「嗳！管它是什麼東西，不干我們的事。」

有一個人悠哉的從中調解。

「什麼不干我們的事？我們爲何要設置日名倉這關卡呢？通往但馬、因州、作州、播磨這四國的交通要道和邊境，我們都必須嚴加防守。不是光拿薪餉在那兒曬太陽呀！」

「知道了，知道了！」

「如果那不是兔子，也不是岩石，而是人的話，那該怎麼辦？」

「失言、失言。不要再爭了，好嗎？」

有人居中調停，本以爲爭吵終於結束了，沒想到又有人說：

「對呀！搞不好是人喔！」

「怎麼可能？」

「再猜也沒用，用箭射看看。」

有人立刻從崗哨裏拿出弓箭，看來像是個高手，單手架箭，拉滿弓弦。

造成爭議的目標和崗哨間正好隔著一個深谷，它在對面的緩坡上，因爲背光，看起來是全黑的。

咻——

箭像隻鶺鳥，直直越過山谷。

「太低了！」

後面的人說道。

立刻架上第二支箭。

「不行、不行！」

這回另外一個人把箭搶過去，瞄準，結果半路就掉下去了！

「你們在鬧什麼？」

在崗哨值勤的監督武士走了過來，聽了原委之後，說道：

「好，借俺一下。」

這武士接過弓箭，一看架式便知此人身手非凡。

監督官拉滿弓，大家以爲箭就要射出去了，他卻收回弦，說道：

「這箭不能亂射。」

「爲什麼？」

「那是人。但是不知是神仙，還是他國的密探，還是想要跳崖自殺的？反正去把他抓過來就是了！」

「你們看吧！」

剛才猜是人的値班兵得意洋洋。

「快走吧！」

「喂！等一等！要抓人可以，但是要從哪裏爬到那座山呢？」

「沿著山谷的話——」

「是斷崖呀！」

「沒辦法，還是從中山嶺那裏繞過去吧！」

武藏一直環抱著雙手，從這裏俯瞰山谷對面日名倉崗哨的屋頂。

他想，那幾棟房屋的其中之一，一定關著阿吟姊姊。

然而，昨天他這樣坐了一整天，今天似乎也無意起身。

2

一個崗哨的士兵不過五十人至一百人罷了。

武藏到此之前，心裏是這麼想的——可是，人算不如天算。

他靜坐在地上。那崗哨順著地形建造而成，一邊是深谷，另一邊是出入口，有兩重柵門把關。

再加上這裏是高原地帶，四面連一株遮身的樹木都沒有，也沒可以利用的地形。

在這種情況下，趁黑夜侵入是基本法則。然而，天未黑的傍晚時分，崗哨前的交通要道就用二重柵門攔了起來，一有狀況，警報馬上作響。

不能靠近！武藏心想。

整整兩天，他都靜坐在十國岩下，思考如何作戰，但苦無良策。

沒辦法！現在連一賭生死的勇氣都沒了。

奇怪？俺為何變得如此懦弱？他有點氣惱自己。俺以前不是這麼軟弱的呀？他自言自語道。

抱著胳膊，半天也沒放開。——俺到底怎麼了？怕了嗎？一定是怕靠近那個崗哨。

俺開始會害怕了！俺的確跟以前不一樣了——但是，這到底算不算膽小呢？

不算！

他搖著頭。

這種感覺不是因為膽小而引起的。澤庵和尚給了他智慧，使他張開盲目的雙眼，慢慢看清一些事物。

人的勇氣和動物的勇氣不一樣。真勇跟匹夫之勇根本是兩回事。這也是澤庵教的。

他開竅了——心中的眼睛，開始看清這世上可怕之處，使他找到新生的自己。重生的俺，絕不是野獸，是個人。

人想當一個真正的人時，就會珍惜生命，這比任何東西都可貴。人出生在世，就是為了接受磨練——這目標還沒完成之前，不能輕言犧牲。

「……俺懂了！」

找到自我之後，他仰望蒼穹。

雖然如此，還是得救出姊姊。

他決定入夜之後就攀下這個絕壁，上對面的山崖。拜這個天險之賜，崗哨後面不但沒柵門，也許還有漏洞可鑽。

他剛下決定，就有一支箭咻——的落在腳尖不遠處。

仔細一看，崗哨後聚集了一羣豆點大的人，看來那邊已經發現自己了。

「這箭是試探動靜的。」

他故意靜止不動。不久，照在中國山脈背脊的落日餘暉漸漸淡去。

終於等到天黑了！

他起身撿起小石頭，他的晚餐正在天上飛呢！他把小石頭往上一丟，擊落一隻小鳥。

撕開鳥肉，他大口大口地吃了起來。就在此時，二、三十名士兵，哇——的大叫一聲，把他團團圍住。

3

是武藏，是宮本村的武藏！

對方靠近之後發現是武藏，便喊了出來。接著，士兵們發出第二次吶喊聲。

「別大意！他很強壯喔！」

大家互相警戒。

武藏面對殺氣，更還以殺氣騰騰的眼神。

「看我的！」

他雙手高舉一塊大岩石，對著圍住他的人羣擲過去。

那塊石頭立刻沾上血跡。武藏像一隻鹿般跳過那個缺口，衝出重圍。大家以為他要逃走，沒想到他卻往崗哨的方向跑去，怒髮衝冠，像一頭獅子。

「那個傢伙！要上哪兒去？」

士兵看傻了，呆立在那兒。因為武藏像隻雙眼突出的蜻蜓，飛走了！

「他瘋了！」

有人大叫。

第三次發出鬨叫聲，大家齊往崗哨的方向追去，武藏已經越過正面的柵門，跳到裏面去了。

裏面是牢房、是死地。然而武藏根本沒看到排列整齊的武器，也看不到柵門和守衛。

「啊！是誰？」

一組守衛直撲過來，武藏也毫無意識地一拳就把他們打倒。

他搖動柵門的柱子，拔起之後拿在手中揮舞，對方的人數根本不成問題。黑暗中聚集而來的便是敵人。他只隨意撲打幾下，對方無數的刀箭就被打斷，飛到空中，然後散落一地。

「姊姊！」

他繞到屋後。

「姊姊！」

他雙眼布滿血絲，一一探視那些房子。

「我是武藏呀！姊姊！」

碰到緊閉的門戶，他就用手上五寸粗的方柱子逐一打破。士兵養的雞啼聲掀天，振翅飛跳到屋頂上，猶如世界末日。

「姊姊！」

他的聲音跟雞一樣，已經嘶啞不堪，卻看不到阿吟的蹤影。呼喚姊姊的聲音，漸漸變得絕望。

他發現一個小卒從一間像是牢房的骯髒小屋後面如鼬鼠般逃了出來。

他把手上血淋淋、滑溜溜的方柱子拋向那人的腳邊，叫道：

「站住！」

武藏撲過去抓住他。

對方嚇得哭了起來，他狠狠地揍了對方一拳，問道：

「我姊姊在哪兒？告訴我，牢房在哪裏？你敢不說，我就踹死你！」

「沒、沒在這裏。前天藩裏下了命令，把她移到姬路了！」

「什麼？移到姬路？」
「是……是的……」
「眞的嗎？」
「眞的。」
武藏抓起那小卒，丟向又圍過來的敵人，自己則立刻退回小屋內的黑影裏。
五、六支箭齊射過來，一支射中武藏的衣裾。
這一瞬間——
只見武藏咬著大拇指，靜靜地望著不斷飛過來的箭。突然，他衝向柵門，像隻飛鳥般跑到外面。
轟隆!!火繩槍不斷向他射擊，谷底傳來陣陣回聲。
他逃走了！武藏像一顆從山頂滑落的岩石，逃出去了！
——懼其當懼吧！
——匹夫之勇，是無知，是野獸之勇！
——當個眞正的強者吧！
——生命猶如一顆明珠啊！
武藏像疾風般地向前跑去，澤庵說的每一句話，淸淸楚楚地以同樣的速度在他腦中迴響。

光明藏

1

這裏是姬路城城下的郊區。

武藏有時候在花田橋下，有時候在橋上等待阿通，已經好幾天了。

「到底怎麼了？」

沒看到阿通。從約定之後，已經分別七天了！阿通說過，不管百日、千日都要在這裏等的呀！

武藏這個人，絕不會忘記約定的。武藏已經等得不耐煩了。

同時，聽說他的姊姊被移到姬路來，也不知道被關在哪裏？尋找姊姊，也是來此的目的之一。不在花田橋畔的時候，他就頭戴草笠，喬裝成乞丐在城下住宅區到處遊蕩。

「嘿！終於讓我遇到你了！」

突然，有個僧侶對著他跑來。

「武藏！」

「啊？」

武藏心想他這身打扮，任誰也看不出來，所以被人這麼一叫，他嚇了一大跳。

「快！過來。」

那和尚抓著他的手腕，使勁地拉著他。這個和尚就是澤庵。

「不會給你添麻煩的，快來！」

他不知道澤庵要帶他去哪裏，他無力還擊，只得一味跟著澤庵走。這回又要綁上樹？還是藩裏的牢房？

姊姊可能也被關在城下的牢房裏呢！果眞如此的話，姊弟要一同踏上蓮花台，共赴黃泉了。如果說什麼都要賠上一命的話，至少——我要跟姊姊一起。

武藏在內心暗自祈禱著。

白鷺城巨大的石牆和白壁出現在眼前。渡過大門唐橋（譯註：設有欄杆的橋）的時候，澤庵自顧自地走在前頭。

鐵門打開後，裏面露出長槍耀眼的光芒，令武藏爲之怯步。

澤庵向他招手：

「還不快過來！」

過了大城門。

來到內濠的第二道門。

看來是尙未安定的諸侯城池，藩士們一副隨時備戰的緊張態勢。
澤庵叫了一個官差過來。
「喂！我把武藏帶來了。」
把武藏交給他，然後說道：
「拜託你了。」
他仔細地交代。
「是。」
「但是，你們可要多加注意喔！這可是隻未拔牙的小獅子，充滿野性，如果一不小心，會被咬的。」
說完，也不等人帶路，就逕自從二城走向太閤城去了。
可能因爲被澤庵警告過，官差們連指頭都不敢碰武藏一下。
「請。」
官差們只敢催促武藏走。
武藏默默地尾隨他們走去，到了浴室，原來官差是要武藏入浴。未免太自作主張了吧！再加上曾中過阿杉婆的詭計，武藏對浴室有著痛苦的回憶。
他抱著手，正在思考。
「您洗完之後，這兒備有衣物，敬請使用。」
有個小廝，放了黑棉布的小袖（譯註：窄袖便服）和褲子便離開了。

仔細一看，懷紙、扇子等物雖然有點粗糙，但各種用品全都具備了。

2

隱藏在姬山一片蒼綠之後的是天守閣（譯註：本城中央的瞭望樓）和太閤城，這兒是白鷺城的本城。

城主池田輝政，身材短小，有微黑的痲臉，剃著光頭。

他靠在凭肘几望著院子問道：

「澤庵和尚！就是那人嗎？」

「是的。」

澤庵隨侍在側，點頭回答。

「果然相貌堂堂。你能助他一臂之力眞是太好了！」

「不，助他一臂之力的是您呀！」

「哪裏。官吏中如果有人像你這樣，就有更多的人成爲有用之才了。可是，這兒的傢伙全都認爲抓人才是他們的職務，眞傷腦筋。」

隔著走廊，武藏跪坐在庭院上。他穿著新的黑木棉小袖，雙手扶膝，眼睛俯視地面。

「你叫新免武藏，是吧？」

輝政問道。

「是。」

回答得很清楚。

「新免家本來是赤松一族的支脈，赤松政則往昔是這個白鷺城的城主，而你被引來此處，可能是某種機緣吧？」

「……」

武藏認爲自己是使祖先名聲掃地之人。對輝政也沒什麼感覺，但是對祖先，他覺得抬不起頭來。

「但是！」

輝政改變口氣。

「你的所作所爲，眞是罪大惡極喔！」

「是。」

「這要嚴加懲戒。」

「……」

輝政轉向一旁：

「澤庵和尙，聽說家臣青木丹左衛門沒經我的指示就跟你約定，若你抓到武藏的話，由你來處置。這話——是否屬實？」

「只要問一下丹左，就可知眞僞。」

「問過了。」

「那爲何還問我呢？難道澤庵會說謊？」

「好！這樣兩人所言一致。丹左是我的家臣，家臣發的誓，就跟我發的誓一樣。雖然我輝政是領主，但已無權處置武藏……卻也不能這樣放他走……如何處置，就交給你了！」

「愚僧亦準備如此。」

「那，你要如何處置他？」

「我要把武藏處死。」

「如何處死呢？」

「聽說這白鷺城的天守閣裏，有一間房間裏有妖怪，所以很久沒開了，是嗎？」

「是的。」

「到現在仍然關著嗎？」

「沒人敢開，家臣們都忌諱，所以一直保持原狀。」

「德川縣最剛強的勝入齋輝政大人的居所裏，竟然有一間房間無法點燈，這會減了您的威信。」

「我從未想過這事。」

「但是，領下的人民卻會從這種事來評斷領主的威信。在那個房間點上燈火吧！」

「嗯！」

「我想向您借天守閣的那個房間來關武藏，直到愚僧原諒他爲止。——武藏你要有心裏準備。」

他把話說明白。

「哈哈哈！可以，可以。」
輝政大笑道。
那一次在七寶寺，澤庵對八字鬍青木丹左說的話不是胡說，輝政和澤庵的確是禪友。
「等會兒要不要來茶室？」
「您泡茶的技巧，還是沒進步嗎？」
「胡說！最近我進步神速呢！今天要讓你瞧瞧，輝政我不只精通武術而已。等你來喔！」
輝政先行離席，往後面走去。五尺不到的短小背影，使白鷺城看起來更加巨大。

3

一片漆黑——這裏是傳說中從沒開放過的天守閣最高處的房間。
在這裏，沒有日月，也無春秋。而且，聽不到所有日常生活的聲音。
只有一穗燈芯，還有武藏被燈火照得青白的削瘦臉頰。
現在正值酷寒嚴冬吧？黑色天花板的梁柱，還有地板，像冰一樣透著寒氣。武藏吐出的氣息，在燈火的亮光下，像道白煙。

孫子曰：地形有通者，有挂者，有支者，有隘者，有險者，有遠者。

《孫子》〈地形篇〉放在桌上，武藏讀到心有戚戚焉的章節時，便大聲反覆朗讀。

故知兵者，動而不迷，舉而不窮。故曰：知彼知己，勝乃不殆；知天知地，勝乃可全。

當眼睛疲勞時，便用水沖洗眼睛。燈芯的油如果滴下來，就剪燭。

桌子旁邊，書本堆得跟山一樣高，有和書，有漢書，其中有禪書也有國史。他周圍可說是被書埋沒了。

這些書都是從藩裏的文庫裏借出來的。澤庵說要幽禁他，把他帶到這天守閣的時候，特地告戒他：

「你要廣讀羣書。聽說古時名僧進入藏經閣讀萬卷書，出來之後，心靈之眼才爲之開啓。你可以把這黑暗的房間想像成母親的胎腹，你在此做重新投胎的準備。肉眼看來，這兒只是一間黑暗的房間，但是，你仔細瞧瞧，仔細想想，這兒聚集了所有和漢聖賢對文化貢獻的光明記錄。你要把這兒當黑暗藏，或是當光明藏，全都操之於你的心。」

說完，澤庵便消失了。

從那以後，不知過了多少歲月。

冷了，武藏就猜可能是冬天了。暖了，他就想可能是春天。武藏完全忘卻了日月。但是，這次當燕子飛回天守閣狹小的鳥巢時，可以確定是第三年的春天。

「俺也二十一歲了。」
他深沈地自我反省。
「——二十一歲之前，俺在做什麼呀？」
有時慚愧不已，會抓著豎立的鬢毛，苦悶度日。
啾啾、啾啾、啾啾……
天守閣的房檐裏，傳來燕子的呢喃聲。牠們渡海而來，春天到了。
就在這第三年的某一天——
「武藏，進步了嗎？」
澤庵突然上來了。
「噢……」
武藏湧起一陣懷念之情，抓住了澤庵的衣袖。
「我剛剛旅行回來。剛好第三年了，我想你在娘胎內，骨架子也差不多全好了吧！」
「您的大恩大德……不知如何感謝？」
「感謝？……哈哈哈！你已會用比較人性的詞彙了！來，今天出去吧！懷抱光明，到世間、到人羣裏去吧！」

4

武藏三年來第一次走出天守閣，又被帶到城主輝政的面前。

三年前，是跪在庭院裏；今天則有張一太閣城寬邊的木板座椅，讓他坐在上面。

「怎麼樣？有沒有意思在此任職呢？」

輝政問他。

武藏謝過禮之後，答稱自己雖身體許可，但是現在卻無意跟隨主人。他說：

「如果我在此城任職，說不定傳說中天守閣禁忌房間裏的鬼魅就會出現了。」

「爲何？」

「我在燈芯亮光之下，仔細看過大天守的屋內，梁柱及木窗上，附著許多油漆似的黑色斑點。仔細一看，才知道那是人的血跡。說不定那是在此城滅亡的赤松一家族最悲慘的血液。」

「嗯，也許是吧！」

「這令我毛骨悚然，也勾起我血液裏莫名的憤怒。在中國地區（編註：指日本岡山、廣島、山口、島根、鳥取五縣。）稱霸的祖先赤松家族，已然行蹤不明，茫茫如去年的秋風，遭到悲慘的滅亡命運。然而，他們的血液代代相傳，現在仍然存活於他們的子孫體內，不肖的我，新免武藏也是其中之一。因此，如果我住在此城，亡靈可能會聚集在那房間造成混亂。——如果眞的造成混亂，赤松的子孫奪回這座城池，只是會徒增另一間亡靈之房，使殺戮不斷輪迴而已。這樣對不住領下正在享受和平的人民。」

「原來如此。」

輝政點頭同意。

「這麼說，你是要再回宮本村，以鄉士身分過一輩子了？」

武藏默默微笑，過了一會兒才說道：

「我準備流浪。」

「是嗎？」

輝政隨即轉向澤庵，說道：

「給他衣服和盤纏。」

「您的大恩大德，澤庵也向您致謝。」

「你向我致謝，這可是頭一遭喔！」

「哈哈哈！可能是吧！」

「年輕的時候流浪也不錯。但是，不管走到哪裏，千萬別忘了出生地和自己的鄉土。以後你的姓就改成宮本吧！叫做『宮本』好了，『宮本』。」

「是！」

武藏整個人平伏在地，說道：

「遵命。」

澤庵從旁補充道：

「武藏也改個念法讀成「武藏（musashi）」（譯註：「武藏」本來讀成「takezou」，改成「musashi」之後，世人提到宮本武藏，皆採此讀音）。今天是你從黑暗藏的胎內，轉世投胎光明世界的第一天，所有的東西都是新的比較好吧？」

「嗯，嗯。」

輝政心情越來越好：

「──宮本武藏？好名字，該慶祝一下，來人呀！拿酒來。」

他吩咐侍臣準備。

輝政換了個地方，和澤庵、武藏一直暢談到夜晚，還有很多家臣共聚一堂，當澤庵陶醉在猿樂舞等舞蹈三昧中時，武藏雖有幾分醉意，卻更加謹慎地欣賞澤庵有趣的舞姿。

兩人離開白鷺城時，已是翌日。

澤庵將繼續踏上行雲流水的旅程，因此向武藏告別。而武藏也說，今天將跨出第一步，邁向人間修行及鍛鍊兵法的旅途。

「那麼，在此告別吧！」

來到城下，兩人分手在即。

「嗳！」

澤庵抓住他的袖口。

「武藏，你一定還想見一個人。」

「……誰？」

「阿吟姑娘。」

「咦？姊姊還活著嗎？」

這事他連做夢都未曾忘記。武藏說完，眼睛頓時充滿淚霧。

花田橋

1

澤庵告訴武藏，三年前武藏襲擊日名倉的番所時，姊姊阿吟已經不在那兒，所以官方也沒繼續追究。之後，因爲種種原因，阿吟也沒回宮本村，住到佐用鄉的親戚家裏，現在過著安定的日子。

「你想見她吧?」

澤庵問武藏。

「阿吟姑娘也很想見你。但是，我告訴她——就當妳弟弟已經死了，不，眞的死了。我還向她保證，三年後，要帶個跟以前截然不同，全新的武藏回來見她。」

「這麼說來，您不但救了我，連姊姊也救了。您眞是大慈大悲，我太感激您了。」

武藏雙手合在胸前。

「來，我帶你去。」

澤庵催他走。

「不，不用見面了這樣已如同見過面了。」
「爲什麼？」
「好不容易大難不死，重生之後，現在正是堅定意志，踏上修業第一步的時候呀！」
「我瞭解了。」
「即使我不多言，您也應該可以推想得到。」
「你連這種心智都已修成，太好了！那麼，就照你的意思吧！」
「在此向您告別……只要還活著，後會有期。」
「嗯！我也如浮雲流水。見面隨緣。」
澤庵的個性本就灑脫。
正要分別——
「對了，有件事你要稍加留意，阿杉婆和權叔都誓言找不到阿通和你報仇雪恥，絕不回鄉。旅程中也許有些麻煩，別掛在心上。還有，八字鬍青木丹左這個傢伙，雖然我並沒有在背後告狀，但因爲捉你的任務失敗，已被解職，所以可能也在四處遊蕩。不管如何，人生道上，總是充滿艱難挫折，你要特別小心。」
「是。」
「只有這些事了。那麼，再會吧！」
說完，澤庵走向西方。

「……保重了！」

武藏對著他的背影說再見，一直目送他到路的盡頭。最後，終於剩下武藏孤獨一人，朝東方邁開腳步。

孤劍！

只剩腰間這把劍陪著他了。

武藏握住它。

「藉此生存下去吧！把這個當自己的魂魄，經常磨練，看看自己能追求到人類多高的境界！澤庵以禪行道，我就以劍行道，一定要超越他。」

他下定決心。

青春，二十一歲，還不嫌遲。

他的雙腳充滿活力。眼中閃耀著年輕和希望。有時，他會推高斗笠邊緣，用全新的眼光看著未來遙不可測——且完全陌生的旅途。

此時——

他離開姬路城不久，正要度過花田橋，從橋頭跑來一個女人。

「啊！……你不是……」

對方抓住了他的袖子。

是阿通。

「呀？」

看著他驚訝的表情，她含恨說道：

「武藏哥哥，你沒忘記這橋的名字吧！即使你已忘記那個不管百日千日都要等你來的阿通——」

「這麼說來，妳已在此等了三年了？」

「沒錯……本位田家的阿婆到處追我，我差一點就被殺了。還好有驚無險，總算保住一命。從跟你在中山嶺分手之後大約二十天開始，一直到今天——」

她指著橋頭附近的竹器店，說道：

「我一直在那家店邊工作邊等你。今天，算起來剛好是第九百七十天。往後的日子，你會照我們的約定帶我走吧？」

2

其實，他心底也渴望見到她。就在他連牽腸掛肚的阿吟姊姊都能狠心不見、一心只想早日動身的時候——

爲什麼？

武藏憤然自問。

爲什麼？現在正要踏上修業的旅程，帶著女人走得動嗎？

況且，這女人再怎麼說也是本位田又八的未婚妻。是那個在阿杉婆口中，即使兒子不在也還是我家媳婦的阿通。

武藏無法掩飾痛苦的表情。

「妳說帶妳走，走去哪裏？」

他魯莽地回問。

「你想去的任何地方。」

「我的未來是條充滿艱苦的道路，可不是遊山玩水。」

「這我瞭解，我不會妨礙你修業的。再怎麼苦我都可以忍受。」

「哪有帶著女人一起修業的武士？會被人恥笑的。放開我的袖子！」

「不要！」

阿通反而把他的袖子拉得更緊。

「這麼說，你是騙我嘍！」

「我什麼時候騙過你？」

「我們在中山嶺不是說好了嗎？」

「唔……我那時有點神志不清。而且又不是我提出來的，只是一時心急，順著妳的話『嗯』了一聲而已。」

「不對！不對！你不能這麼說！」

兩人就像在打鬥一般，阿通把武藏的身體推向花田橋的欄杆。

「在千年杉上，我幫你切斷繩子的時候，你也說過——要不要跟我一起逃走？」

「放開！喂！會被人看到。」

「被人看到也沒關係。那時我問你，你接受我救你嗎？你用欣喜的聲音說，哦，把這繩子割斷，快割斷！而且還喊了兩次。」

她雖然據理責備，但充滿淚水的雙眼，卻燃燒著滾滾情熱。

武藏在道義上無言以對；在情緒上，被她激得更高漲，連自己的眼角都熱了起來。

「……手放開……大白天，路人會側目的！」

「……」

阿通溫順地放開他的袖子。接著伏在橋的欄杆上，抽抽搭搭地哭了起來。

「……很抱歉，忍不住說了一些丟臉的話。這些討人情的話，請你忘了它吧！」

「阿通姑娘！」

他窺視伏在欄杆上的臉龐。

「老實說，我昨日之前的九百幾十天之間，也就是妳在此等我的期間，一直被關在白鷺城的天守閣裏，沒見過一天陽光。」

「我聽說了。」

「咦？妳知道？」

「是的，我聽澤庵師父講的。」

「這麼說來，那個和尚什麼都告訴妳了？」

「我在三日月茶莊下方的竹林谷裏昏厥過去，還好師父救了我。還介紹我到那間土產店工作。『再來是男女的事，』昨天他來店裏喝茶的時候，打啞謎似地說：『未來不可知喔！』」

「啊……這樣呀……」

武藏回頭望著西邊的道路，剛剛分別的那個人，還有再見的一天嗎？

此時他更深深感受到澤庵偉大的愛。原來認爲他只對自己好，那是自己心胸太過狹窄。不只對姊姊如此，對阿通、對任何人，澤庵一律平等地伸出援助的雙手。

3

——男女的事，未來不可知喔！

聽說澤庵丟下這句話就走，武藏覺得肩上突然揹負一個預料之外的重物。

九百日，在那禁閉的房間，展示在眼前的龐雜漢和羣書，其中沒有隻字片語提到這人間大事。澤庵對男女問題，則一副與我無關的樣子，故意避開。

不知他是否在暗示：

男女之事，只能由男女自己去解決。

還是對武藏的試探：

這等小事，應該自己判斷。

武藏陷入深思。眼睛凝視著橋下的流水。

這一來，換成阿通窺視他的臉了。

「好不好嘛……」

阿通哀求著。

「我跟店裏說好了隨時都可讓我離開。我現在馬上去說明原委，準備一下就來。一定要等我喔！」

武藏把阿通白皙的手壓到欄杆上。

「請再仔細考慮一下。」

「我還考慮什麼？」

「就像我剛才說的，我在黑暗中讀了三年書，一再掙扎之後，終於瞭解人應該走的路，剛剛重新出發。名字也改成『宮本武藏』了。這是我最重要的時刻，除了修業，別無他心。跟我這種人一起走，道路艱苦，妳絕對不可能幸福的。」

「越是聽你這麼說，我的心越是被你吸引。我知道我已找到這世上最有男子氣概的人了！」

「不管妳說什麼，還是不能帶妳去。」

「可是，不管你到哪裏，我都要跟。只要不妨礙你修業就好了，不是嗎？……對不對嘛？」

「……」

「我一定不會打擾你的。」

「好嗎?如果你不告而別,我會生氣喔!請在這裏等我……我馬上回來。」

「……」

自問自答之後,阿通立刻跑向橋頭竹器店去了。

武藏想利用這個空隙,閉著眼往反方向跑走。但是,只動了一點心,腳卻像釘在地上一般,動彈不得。

「——要是走掉了,我會生氣喔!」

阿通回過頭再次確定。看著那白皙的笑臉,武藏不禁點頭答應。她看武藏點頭,才放心地走進竹器店裏。

如果要走的話就趁這個時候!

武藏的心,催促著武藏。

然而,他的腦海裏仍然留著阿通白皙的笑臉,還有那楚楚可憐又可愛的雙眸,都縛住他整個人。太可愛了!除了姊姊之外,沒想這天地間還有這麼愛憐自己的人。

而且阿通一點也不令人討厭。

望著天空,望著河水,武藏心情沈悶地抱著欄杆,不知如何是好。過了不久,他把手肘和臉倚著欄杆,不知在做什麼,只見白色的木屑紛紛地掉落下來,順著水流走了。

阿通腳上綁著淺黃的綁腿,穿著新草鞋,女用斗笠的紅絲帶繫在下巴。阿通很適合這身打扮。

但是——

武藏已經不在那兒了。

「唉呀！」

她哀叫一聲，幾乎哭出來。

剛才武藏佇立的地方，有木屑散落在那兒。一看欄杆上面，刻有小小的字，留下白色的痕跡。

——請原諒我。

本冊完

編按：重生的武藏猶如地上新冒出的綠芽，仗劍走天涯，人生路上最令人唏噓的是面對冷漠的親情；最難拂袖而去的是溫柔鄉的熱情。武藏孤劍尋藝與人論輸贏，但更要征服的卻是自身的情、欲與病痛，這如火般的炙酷，究竟是將武藏給吞噬了，還是令武藏鍛鍊成堅如鋼、柔似水。

請續閱(二)水之卷
(三)火之卷
(四)風之卷
(五)空之卷
(六)二天之卷
(七)圓明之卷

小說歷史

——歷史人物重現小說舞台

J 1001	武田信玄(一)風之卷	新田次郎著	200
J 1002	武田信玄(二)林之卷	新田次郎著	200
J 1003	武田信玄(三)火之卷	新田次郎著	200
J 1004	武田信玄(四)山之卷	新田次郎著	200
J 1011	織田信長(一)無門三略之卷	山岡莊八著	220
J 1012	織田信長(二)桶狹間之卷	山岡莊八著	220
J 1013	織田信長(三)侵略怒濤之卷	山岡莊八著	220
J 1014	織田信長(四)天下布武之卷	山岡莊八著	220
J 1015	織田信長(五)本能寺之卷	山岡莊八著	220
J 1019	源賴朝(一)	吉川英治著	200
J 1020	源賴朝(二)	吉川英治著	200
J 1021	豐臣秀吉(一)	山岡莊八著	200
J 1022	豐臣秀吉(二)	山岡莊八著	200
J 1023	豐臣秀吉(三)	山岡莊八著	200
J 1024	豐臣秀吉(四)	山岡莊八著	200
J 1025	豐臣秀吉(五)	山岡莊八著	200
J 1026	豐臣秀吉(六)	山岡莊八著	200
J 1027	上杉謙信：天與地(一)	海音寺潮五郎著	180
J 1028	上杉謙信：天與地(二)	海音寺潮五郎著	180
J 1029	上杉謙信：天與地(三)	海音寺潮五郎著	180

＊本書目所列定價如與書內版權頁不符以版權頁定價爲準

小說歷史

——歷史人物重現小說舞台

J 1031	伊達政宗(一)黎明之卷	山岡莊八著	170
J 1032	伊達政宗(二)人取之卷	山岡莊八著	170
J 1033	伊達政宗(三)醍醐夢之卷	山岡莊八著	170
J 1034	伊達政宗(四)黃金日本島之卷	山岡莊八著	170
J 1035	伊達政宗(五)蒼穹之鷹之卷	山岡莊八著	170
J 1036	伊達政宗(六)攻打大坂之卷	山岡莊八著	170
J 1037	伊達政宗(七)和平戰略之卷	山岡莊八著	170
J 1038	伊達政宗(八)旅情大悟之卷	山岡莊八著	170
J 1044	蒙古襲來(一)	海音寺潮五郎著	150
J 1045	蒙古襲來(二)	海音寺潮五郎著	150
J 1046	蒙古襲來(三)	海音寺潮五郎著	150
J 1047	蒙古襲來(四)	海音寺潮五郎著	150
J 1048	德川家康(一)	山岡莊八著	350
J 1049	德川家康(二)	山岡莊八著	350
J 1050	德川家康(三)	山岡莊八著	350
J 1051	德川家康(四)	山岡莊八著	350
J 1052	德川家康(五)	山岡莊八著	350
J 1053	德川家康(六)	山岡莊八著	350
J 1054	德川家康(七)	山岡莊八著	350
J 1055	德川家康(八)	山岡莊八著	350

＊本書目所列定價如與書內版權頁不符以版權頁定價為準

小說歷史

——歷史人物
重現小說舞台

J 1056	德川家康(九)	山岡莊八著	350
J 1057	德川家康(十)	山岡莊八著	350
J 1058	德川家康(十一)	山岡莊八著	350
J 1059	德川家康(十二)	山岡莊八著	350
J 1060	德川家康(十三)	山岡莊八著	350
J 1061	德川家康(十四)	山岡莊八著	350
J 1062	德川家康(十五)	山岡莊八著	350
J 1063	德川家康(十六)	山岡莊八著	350
J 1064	德川家康(十七)	山岡莊八著	350
J 1065	德川家康(十八)	山岡莊八著	350
J 1066	德川家康(十九)	山岡莊八著	350
J 1067	德川家康(二十)	山岡莊八著	350
J 1068	德川家康(二十一)	山岡莊八著	350
J 1069	德川家康(二十二)	山岡莊八著	350
J 1070	德川家康(二十三)	山岡莊八著	350
J 1071	德川家康(二十四)	山岡莊八著	350
J 1072	德川家康(二十五)	山岡莊八著	350
J 1073	德川家康(二十六)	山岡莊八著	350
J 1074	德川家康（附册）	山岡莊八著	180
J 1075	新書太閤記(一)一心奉公	吉川英治著	220

＊本書目所列定價如與書內版權頁不符以版權頁定價為準

小說歷史 ——歷史人物重現小說舞台

J 1076	新書太閤記(二)天機與人	吉川英治著	220
J 1077	新書太閤記(三)竿頭一瓢	吉川英治著	220
J 1078	新書太閤記(四)君臣春風	吉川英治著	220
J 1079	新書太閤記(五)士魂煌煌	吉川英治著	220
J 1080	新書太閤記(六)大器之人	吉川英治著	220
J 1081	新書太閤記(七)萬丈波濤	吉川英治著	220
J 1082	新書太閤記(八)金瓢飛舞	吉川英治著	220
J 1083	新書太閤記(九)民與其國	吉川英治著	220
J 1084	新書太閤記(十)大坂築城	吉川英治著	220
J 1085	新書太閤記(十一)兩個世間	吉川英治著	220
J 1086	幕末(上)終結幕府・十二則暗殺風雲錄	司馬遼太郎著	180
J 1087	幕末(下)終結幕府・十二則暗殺風雲錄	司馬遼太郎著	180
J 1088	宛如飛翔(一)征韓論	司馬遼太郎著	250
J 1089	宛如飛翔(二)雀躍的西鄉	司馬遼太郎著	250
J 1090	宛如飛翔(三)明治七年	司馬遼太郎著	250
J 1091	宛如飛翔(四)創設私學校	司馬遼太郎著	250
J 1092	宛如飛翔(五)北京行	司馬遼太郎著	250
J 1093	宛如飛翔(六)神風連之亂	司馬遼太郎著	250

*本書目所列定價如與書內版權頁不符以版權頁定價爲準

小說歷史 ——歷史人物重現小說舞台

J1094	宛如飛翔(七)東京獅子	司馬遼太郎著	250
J1095	宛如飛翔(八)宣戰	司馬遼太郎著	250
J1096	宛如飛翔(九)西北的崩潰	司馬遼太郎著	250
J1097	宛如飛翔(十)隨風而逝	司馬遼太郎著	250
J1098	鎌倉戰神源義經(上)初陽之卷	司馬遼太郎著	250
J1099	鎌倉戰神源義經(下)逆浪之卷	司馬遼太郎著	250
J1100	宮本武藏(一)地之卷	吉川英治著	250(特價99)
J1101	宮本武藏(二)水之卷	吉川英治著	280
J1102	宮本武藏(三)火之卷	吉川英治著	300
J1103	宮本武藏(四)風之卷	吉川英治著	420
J1104	宮本武藏(五)空之卷	吉川英治著	400
J1105	宮本武藏(六)二天之卷	吉川英治著	280
J1106	宮本武藏(七)圓明之卷	吉川英治著	350
J1107	明治天皇(一)	(編印中)	
J1108	明治天皇(二)	(編印中)	
J1109	明治天皇(三)	(編印中)	
J1110	明治天皇(四)	(編印中)	
J1111	明治天皇(五)	(編印中)	
J1112	明治天皇(六)	(編印中)	

*本書目所列定價如與書內版權頁不符以版權頁定價為準

小說歷史

宛如飛翔

司馬遼太郎著／劉惠禎等譯

全套十冊・平裝・單冊定價250元

全套定價2500元・特價1490元

《宛如飛翔》是一部史傳，作者以其歷史小說的特質——徹底的歷史考證、百科全書式的敍述法——描繪維新三傑之一的西鄉隆盛被薩摩隼人桐野利秋擁護，和被稱爲太政官——以薩摩人大久保利通和川路利良爲中心——的早期明治政府對立，終於引爆西南戰爭，最後事敗身亡的過程。評論家認爲，司馬遼太郎筆下的西南戰爭足以媲美古典名著《平家物語》。這部從天空俯瞰大時代的長篇小說，深受求知欲強烈的讀者喜愛。

小說歷史

幕末：終結幕府・十二則暗殺風雲錄

司馬遼太郎著／孫智齡譯

全套二冊・平裝・單冊定價180元

日本自從萬延元年(1860)到慶應三年(1867)，留下了無數的暗殺事件。司馬遼太郎說道：「暗殺者的定義是：在沒有任何暗示或警告下，突襲對方或以詭計置人於死。這樣的人，可說是最卑劣、下流了。但是，有時候歷史還是靠鮮血染成的，因此，暗殺者與被暗殺者，都仍是歷史的寶貴遺產。我希望能從這個立場，重新審視幕末的暗殺事件，將重心擺在人物本身以及事件的關係上，以小說的形式呈現。暗殺是歷史畸形的產物，可是，我們卻也可以從它感受到當時『歷史』的沸騰點究竟有多高；暗殺是不被肯定的，然而，也由於這群暗殺者的存在，使得幕末史上增添一分幽暗中的華麗，卻是不可否認的。」

國家圖書館出版品預行編目資料

宮本武藏／吉川英治著；劉敏譯. -初版. --臺北市：遠流, 1998
冊；　公分. --(小說歷史；100-106)

ISBN 957-32-3437-8（一套：平裝）
ISBN 957-32-3438-6（第一卷：平裝）
ISBN 957-32-3439-4（第二卷：平裝）
ISBN 957-32-3440-8（第三卷：平裝）
ISBN 957-32-3441-6（第四卷：平裝）
ISBN 957-32-3442-4（第五卷：平裝）
ISBN 957-32-3443-2（第六卷：平裝）
ISBN 957-32-3444-0（第七卷：平裝）

861.57　　87000868